शेर-ओ-शायरी

मोमिन

मोमिन ख़ाँ

Neelkanth
Prakashan

प्रकाशक : नीलकंठ प्रकाशन
पता : 4760-61, 23, अंसारी रोड
दरियागंज, नई दिल्ली -110002
फ़ोन: 9810675061
व्हाट्सएप नंबर: +91 9810675061

ईमेल: neelkanthprakashan47@gmail.com

शेर-ओ-शायरी : मोमिन
मोमिन ख़ाँ

ISBN: 978-93-6144-044-1

संस्करण:2025

मोमिन ख़ाँ मोमिन

परिचय

मोमिन ख़ाँ मोमिन उर्दू शायरी की दुनिया का एक ऐसा चमकता हुआ सितारा हैं, जिनकी शायरी में मोहब्बत, नज़ाकत, भावनाओं की सादगी और कलात्मकता का सुंदर समन्वय दिखाई देता है। वे 19वीं सदी के एक प्रमुख उर्दू शायर थे और मिर्ज़ा ग़ालिब, ज़ौक़ और सौदा जैसे महान शायरों के समकालीन रहे। उनकी ग़ज़लें आज भी उर्दू अदब में विशेष स्थान रखती हैं और शायरी प्रेमियों के दिलों को छूती हैं।

जन्म और पारिवारिक पृष्ठभूमि

मोमिन ख़ाँ मोमिन का जन्म सन् 1800 ईस्वी में दिल्ली में हुआ था। उनका पूरा नाम हकीम मोमिन ख़ाँ मोमिन था। वे एक प्रतिष्ठित मुस्लिम परिवार से ताल्लुक रखते थे और पेशे से हकीम (चिकित्सक) थे। उनके परिवार का संबंध चिकित्सा, साहित्य और संस्कृति से था, और यही कारण था कि उन्हें प्रारंभ से ही विद्वानों और बुद्धिजीवियों का साथ मिला।

शिक्षा और रुचियाँ

मोमिन को बचपन से ही शिक्षा में रुचि थी। उन्होंने अरबी, फ़ारसी, गणित, ज्योतिष और चिकित्सा में गहरी जानकारी प्राप्त की। वे एक कुशल चिकित्सक थे और यूनानी चिकित्सा प्रणाली के ज्ञाता माने जाते थे। इसके अलावा, उन्हें वास्तुकला, तर्कशास्त्र और खगोल विज्ञान में भी रुचि थी। लेकिन उनका मन सबसे ज़्यादा शायरी में रमता था। उन्होंने फ़ारसी और उर्दू में रचनाएँ लिखीं, लेकिन उर्दू शायरी में उन्हें विशेष ख्याति मिली।

शायरी की विशेषताएँ

मोमिन की शायरी में प्रेम, सौंदर्य, भावना और नफासत का गहन समावेश मिलता है। उनके अशआर में भाषा की मिठास, शैली की सहजता और विचारों की गहराई दिखाई देती है। वे दिल को छू जाने वाले शेर लिखने में माहिर थे। उनकी ग़ज़लों में दिल के जज़्बातों की खूबसूरत अभिव्यक्ति होती है।

उनका यह प्रसिद्ध शेर उनकी शायरी की नज़ाकत और दर्द को दर्शाता है:

"तुम मेरे पास होते हो गोया
जब कोई दूसरा नहीं होता।"

यह शेर मिर्ज़ा ग़ालिब को भी इतना पसंद आया कि उन्होंने कहा था:

"इस शेर के बदले मैं अपनी सारी शायरी कुर्बान कर सकता हूँ।"

प्रेम और जीवन दर्शन

मोमिन की शायरी में प्रेम केवल एक भावनात्मक अनुभव नहीं, बल्कि एक गहरी आध्यात्मिक अनुभूति भी है। वे प्रेम को इंसानी अस्तित्व का अभिन्न हिस्सा मानते थे। उनकी रचनाओं में विरह, मिलन, तड़प, उम्मीद और वफ़ा जैसे भावों को अद्वितीय तरीके से प्रस्तुत किया गया है। वे भाषा के प्रयोग में इतने दक्ष थे कि कठिन से कठिन बात को सरल, मार्मिक और सुंदर बना देते थे।

मोमिन और ग़ालिब

मोमिन और मिर्ज़ा ग़ालिब समकालीन शायर थे। दोनों के बीच साहित्यिक सम्मान और प्रतिस्पर्धा का संबंध था। जहाँ ग़ालिब की शायरी दार्शनिक, चिंतनशील और गूढ़ अर्थों वाली होती थी, वहीं मोमिन की शायरी भावनाओं की सहजता और दिल की गहराई में उतरने वाली होती थी। दोनों ने एक-दूसरे की कला का सम्मान किया, लेकिन उनकी शैली अलग-अलग थी। यही कारण है कि उर्दू साहित्य में दोनों को उनके विशेष योगदान के लिए याद किया जाता है।

रचनाएँ और साहित्यिक योगदान

मोमिन ख़ाँ मोमिन ने कई ग़ज़लों की रचना की जो आज भी उर्दू ग़ज़ल साहित्य की धरोहर

मानी जाती हैं। उनकी शायरी में रदीफ़-क़ाफ़िया का चयन, मतले और मक़ते की सटीकता, और भावनाओं की संप्रेषण क्षमता अद्भुत है। उनका एकमात्र दीवान "दीवान-ए-मोमिन" के नाम से प्रसिद्ध है।

उनकी ग़ज़लें अक्सर मुशायरों में पढ़ी जाती थीं और उन्हें सुनने के लिए लोग उत्सुक रहते थे। उनकी शैली ने आगे आने वाले कई शायरों को प्रेरित किया।

निधन और स्मृति

मोमिन ख़ाँ मोमिन का निधन सन् 1852 ईस्वी में दिल्ली में हुआ। वे अपने पीछे शायरी की एक अमूल्य विरासत छोड़ गए। उनका मक़बरा दिल्ली में स्थित है, जहाँ साहित्य प्रेमी समय-समय पर श्रद्धांजलि अर्पित करते हैं।

निष्कर्ष

मोमिन ख़ाँ मोमिन एक ऐसे शायर थे जिन्होंने उर्दू शायरी को भावनात्मक सौंदर्य और नफासत की नई ऊँचाइयों तक पहुँचाया। वे शब्दों के जादूगर थे, जो दिल के जज़्बातों को इस तरह बयाँ करते थे कि हर पाठक और श्रोता उनके साथ जुड़ जाता था। उनकी शायरी आज भी ज़िंदा है, महबूबों की महफ़िलों में, आशिकों के अशआरों में, और हर उस दिल में जो मोहब्बत और एहसास को समझता है। मोमिन ख़ाँ मोमिन का नाम उर्दू साहित्य में सदैव अमर रहेगा।

1

अगर ज़ंजीरकश[1] सू ए बयाबां[2] अपनी वहशत हो
तो पा ए क़ैस[3] का हर एक छाला चश्मे हैरत हो

किसी के अब्रू ए ख़ुश ख़म[4] का कुश्ता[5] हूँ तअज्जुब क्या
जो मेरी ख़ाक से तामीर महराबे इबादत[6] हो

समझता ख़ूब हूँ मैं इस बनावट को, लगावट को
क़सम खा जाऊँगा गर तेरे दिल में कुछ मुहब्बत हो

हुए बेख़्वाब[7] आहे नीम शब से, तो लगे कहने
कि सोतों को जगा देते हो तुम भी क्या क़यामत हो

---

1. ज़ंजीर खींचना 2. जंगल की ओर 3. क़ैस का पाँव 4. टेढ़ी भौं 5. मारा हुआ 6. प्रार्थना करने के लिए झुकना 7. जागना 8. ईर्ष्या 9. क़ब्र का दीपक 10. शत्रु 11. रोता हुआ दिल।

जला जाता हूँ सोज़े रश्क[8] से मानिन्दे परवाना
जला मत और को तू गरचे मेरी शम्ए तुर्बत[9] हो

अदू[10] से बज़्म में होती रही चश्मकज़नी[11] क्या-क्या
न देखा हाल मेरा तुम भी कितने बेमुरव्वत हो

बजाये सब्ज़ा निकले ख़ाक से मेरी ज़ुबां ज़ालिम
दिले नाला[12] पसे मुर्दन[13] जो सरगर्मे शिकायत हो

---

12. मरने के बाद 13. शिकायत में व्यस्त।

2

अज़ल जां ब लब[1] उसके शेवन[2] से है
ये नादिम[3] मेरे कु ए कुश्तन[4] से है

वो बदख़्वाह[5] मुझ-सा तो मेरा नहीं
अबस दोस्ती तुमको दुश्मन से है

मेरे दाग़ याद आये गुल देखकर
कि बेज़ार[6] वो सैरे गुलशन से है

जलाने से भी तेरे शाकिर[7] हूँ मैं
गिला[8] नाला ए आतिश अफ़्गन[9] से है

शबे ग़म मुए शम्अ को देखकर
हमें ख़िज्लत[10] उस शोख़ बदज़न[11] से है

मेरा ख़ून क्या बाद गर्दन हुआ
कि बेताब वो दर्दे गर्दन से है

---

1. मरने के निकट 2. व्यवहार 3. लज्जित 4. जल्दी मरना 5. बुरा चाहने वाला 6. ऊबे हुए 7. धन्यवाद देने वाला 8. शिकायत 9. आग बरसाने वाला रुदन 10. शर्मिन्दगी 11. चंचल और सन्देह करने वाली प्रेमिका।

जहाँ ख़ाक उड़ायी, वहीं दब रहे
क़लक़ [12] अब अबस फ़िक्रे मदफ़न[13] से है

नयी कुछ नहीं अपनी जांबाज़ियां[14]
यही खेल हमको लड़कपन से है

---

12. कपट 13. क़ब्र की चिन्ता 14. बहादुरी।

3

अज़ल से ख़ुश हूँ किसी तरह हो, विसाल तो है
न आये ना'श पे वो भी, पर एहतिमाल[1] तो है

हिना के रश्क[2] से क्योंकर न आये ज़ोश में ख़ूं
किसी सबब से हो, पर वो भी पाएमाल[3] तो है

ज़रा थम ऐ दिले मुज़्तर[4] कि फ़िक्रे वस्ल[5] करूं
शबे क़लक़[6] न सही, ख़्वाब भी ख़याल तो है

कहाँ तलक गिला हाए तग़ाफ़ुले क़ातिल[7]
हम आप काट लें आख़िर ये सर वबाल[8] तो है

ज़फा ए यार को सौंपा मुआमला अपना
अब आगे हो न हो उम्मीदे इन्फ़िसाल[9] तो है

वो इज़्तिराब[10] कहाँ ज़ोफ़[11] से मगर अब भी
हो आऊँ हज़्रते ईसा तक इतना हाल तो है

---

1. शंका 2. मेहंदी की ईर्ष्या 3. बरबाद 4. बचैन दिल 5. मिलने की चिन्ता 6. दुःख की रात्रि 7. प्रेमिका की लापरवाही की शिकायत 8. परेशानी 9. निर्णय की आशा 10. बेचैनी 11. कमज़ोरी।

शबे फ़िराक़ में भी ज़िन्दगी पे मरता हूँ
कि गो ख़ुशी नहीं मरने की, पर मलाल तो है

अबस[12] तरक़्क़ि ए फ़न[13] की हवस है 'मोमिन' को
ज़्यादा होयेगा क्या इससे बेमिसाल[14] तो है

12. व्यर्थ 13. कला की उन्नति 14. अद्वितीय।

4

अब और से लौ लगायेंगे हम
जूं शम्आ तुझे जलायेंगे हम

बरबाद न जायेगी कदूरत[1]
क्या-क्या तेरी ख़ाक उड़ायेंगे हम

दिल दे के एक और लाला रू[2] को
हर दाग़ पे दाग़ खायेंगे हम

गर तेरी तरफ़ को बेक़रारी
खींचेगी, तो लौट जायेंगे हम

गर देख के हंस दिया हमें तो
मुँह फेर के मुसकुरायेंगे हम

आता है गिले[3] से ध्यान तेरे
ख़ातिर[4] में सितम न लायेंगे हम

बुतख़ाना ए चीं[5] हो गो तेरा घर
'मोमिन' हैं तो फिर न आयेंगे हम

---

1. गन्दगी 2. सुन्दरी 3. शिकायत 4. हृदय 5. चीन की मूर्तियों का स्थान।

5

कब छोड़ते हैं उस सितम ईज़ाद के क़दम
सर है हमारा और हैं जल्लाद के क़दम

अब तक गया न बाग़ में तू बहरे इन्तिज़ार[1]
सुन हो गये खड़े-खड़े शमशाद[2] के क़दम

ऐ हमदमाने बाग़[3] रिहा[4] हूँ ये क्या करूं
उठता नहीं है कूचे से सैयाद के क़दम

सर पर ये कोह ग़म गर उठाता, तो बोझ से
धंस जाते बेसतून[5] में फ़रहाद के क़दम

ख़्वाये अदम[6] तमाम है या इन्तिज़ार में
क्या सो गये अजल[7] तेरी बेदाद[8] के क़दम

क्या होवे दिल पे हाथ धरे से मगर रखे
सीने पे वो ही आशिक़े नाशाद[9] के क़दम

---

1. प्रतीक्षा के लिए 2. एक वृक्ष का नाम 3. बाग़ के साथी 4. छुटकारा 5. एक पहाड़ का नाम 6. मौत की नींद 7. मौत 8. अत्याचार 9. दुखी प्रेमी।

6

आँखों से हया[1] टपके है अन्दाज़[2] तो देखो
है बुलहवसों पर भी सितम नाज़ तो देखो

उस बुत के लिए मैं हवसे हूर[3] से गुज़रा
इस इश्क़ ख़ुश अंजाम[4] का आग़ाज़[5] तो देखो

मज़लिस में मेरे ज़िक्र के आते ही उठे वो
बदनामि ए उश्शाक़[5] का एज़ाज़[7] तो देखो

उस ग़ैरते नाहीद[8] की हर तान है दीपक
शोला-सा चमक जाये है आवाज़ तो देखो

ज़न्नत में भी 'मोमिन' न मिला हाय बुतों से
जौर-ए-अजल-ए-तफ़रक़ा-पर्दाज़[9] तो देखो

---

1. लज्जा 2. ढंग 3. परी की इच्छा 4. अच्छे परिणाम वाला प्रेम 5. आरम्भ 6. प्रेमियों की बदनामी 7. चमत्कार 8. नाहैद-जैसे गवैये को लज्जित करने वाला 9. उड़ान

7

आज उस बज़्म[1] में तूफ़ान उठा के उठे
यां तलक रोये कि उसको भी रुला के उठे

दिल से क्योंकर न धुआं साथ हवा के उठे
शोला हाए तपे ग़ाम[2] सीना जला के उठे

गर न हो दिल में ख़याले निगहे ख़्वाब आलूद[3]
दर्द क्या-क्या असर खुफ़्ता[4] जगा के उठे

शमा के चोर का महफ़िल में जो मज़्कूर हुआ
दिल चुरा बैठे थे अब आँख चुरा के उठे

गो कि हम सफ़्हा ए हस्ती[5] पे थे इक हर्फ़े ग़लत[6]
लेक[7] उठे भी तो इक नक़्श[8] बिठा के उठे

उफ़ रे गर्मि ए मुहब्बत[9] कि तेरे सोख़्ता जां[10]
जिस जगह बैठ गये आग लगा के उठे

---

1. सभा 2. दुःखरूपी आग की लपटें 3. नींद से भरी हुई आँखों का ख़याल 4. सोया हुआ प्रभाव 5. जीवन के पृष्ठों पर 6. अशुद्ध अक्षर 7. लेकिन 8. चिन्ह 9. प्रेम का उत्साह 10. दिलजले।

मैं दिखाता तुम्हें तासीर मगर हाथ मेरे
ज़ोफ़[11] के हाथ से कब वक़्त दुआ के उठे

11. बुढ़ापा।

8

आये हो जब, बढ़ाकर दिल की जलन गये हो
जूं सोज़े दिल[1] कहा है, तुम आग बन गये हो

रूठे सो रूठे हमसे मनते नही हो क्योंकर
ग़ैरों से जब लड़े हो, लड़ते ही मन गये हो

बादे बहार[2] में है कुछ और इत्र रेज़ी[3]
तुम आजकल में शायद सू ए चमन[4] गये हो

क्या हाल है अदम[5] का कहला तो भेजियो तुम
ऐ ख़ूगराने ग़ुर्बत[6] सू ए वतन गये हो

है कुछ तो बात 'मोमिन' जो छा गयी ख़मोशी
किस बुत को दे दिया दिल, क्यों बुत-से बन गये हो

1. दिल की जलन की भाँति 2. वसन्त ऋतु 3. सुगन्ध बरसाना 4. बाग़ की ओर 5. परलोक 6. परदेश में रहने वाली।

9

इस्तिहां के लिए ज़फा कब तक
इल्तिफ़ाते सितम नुमा[1] कब तक

ज़ुर्म मालूम है ज़ुलेखा[2] का
ताना ए दस्ते नारसा[3] कब तक

ले शबे वस्ल ग़ैर[4] भी काटी
तू मुझे आज़्मायेगा कब तक

तुमको सू[5] हो गयी बुराई की
दरगुज़र[6] कीजिये भला कब तक

मर चले अब तो उस सनम से मिलें
'मोमिन' अन्देशा ए ख़ुदा[7] कब तक

---

1. अत्याचार के साथ-साथ मेहरबानी 2. एक प्रेमिका का नाम 3. न पहुँचने वाले हाथ का उलाहना 4. दूसरों की मिलन रात्रि 5. आदत 6. भूल जाना 7. ईश्वर का भय।

10

इश्क़ ने यूं किया ख़राब हमें
कि है अपने से इज्तिनांब[1] हमें

बस कि परदानशीं पे मरते हैं
मौत से आये हे हिजाब[2] हमें

कैसी हैरत से ऐ सुबुकरूही[3]
देखे है दीदा ए हुबाब[4] हमें

शबे फुर्क़त[5] में ख़ाक झपके आँख
याद है चश्मे नीमख़्वाब[6] हमें

किसकी ज़ुल्फ़ों की बू[7] नसीम में थी
है बला[8] आज पेच ओ ताब[9] हमें

अब कोई क्या करे इलाज़ अफ़सोस
मौत ने भी दिया जवाब हमें

---

1. घृणा 2. शर्म 3. सम्बन्ध-हीनता 4. बुलबुले की आँख 5. विरह रात्रि 6. अधखुली आँखें 7. सुगन्ध 8. मुसीबत 9. उलट-फेर।

11

उलझे न ज़ुल्फ़ से जो परेशानियों में हम
करते हैं इस पे नाज़ अदादानियों[1] में हम

सरगर्म रक़्स ताज़ा[2] हैं क़ुर्बानियों में हम
सुर्ख़ी से किसकी आये हैं जौलानियों[3] में हम

साबित है ज़ुमे शिकवा[4] न ज़ाहिर गुनाहे रश्क[5]
हरा हैं आप, अपनी पशेमानियों में हम

मारे ख़ुशी के मर गये सुबहे शबे फ़िराक़[6]
कितने सुबुक हुए हैं गिरांजानियों[7] में हम

आता है ख़्वाब में भी तेरी ज़ुल्फ़ का ख़याल
बे तौर घिर गये हैं परेशानियों में हम

देखा इधर को तूने कि बस दम निकल गया
उतरे नज़र से अपनी निगहबानियों[8] में हम

---

1. अदा को पहचानने वाले 2. उल्लास में व्यस्त 3. उत्साह 4. शिकायतों का अपराध ईर्ष्या का अपराध 6. विरह की रात का सवेरा 7. मुसीबतें 8. देख-रेख।

12

उस परीवश से लगाते हैं मुझे
लोग दीवाना बनाते हैं मुझे

या रब[1] उनका भी जनाज़ा[2] उठे
यार उस कू[3] से उठाते हैं मुझे

अबरूए तेग़[4] से ईमां[5] है कि आ
क़त्ल करने को बुलाते हैं मुझे

बेवफ़ाई का अदू[6] की है गिला[7]
लुत्फ़[8] में भी वो सताते हैं मुझे

हैरते हुस्न[9] से ये शक्ल बनी
कि वो आईना दिखाते हैं मुझे

फूँक दे आतिशे दिल[10] दाग़ ,मेरे
उसकी ख़ूं[11] याद दिलाते हैं मुझे

---

1. हे परमात्मा 2. लाश 3. गली 4. भौंरूपी तलवार 5. इशारा 6. शत्रु 7. शिकायत 8. कृपा 9. आश्चर्यचकित करने वाला सौन्दर्य 10. दिल की आग 11. आदत।

गर कहे ग़मज़ा[12] किसे क़त्ल करूं
तो इशारत से बताते हैं मुझे

12. नख़रे।

13

एजाज़े जां वही है हमारे कलाम को
ज़िन्दा किया है हमने मसीहा के नाम को

गो आपने जवाब बुरा ही दिया वले
मुझसे बयां न कीजे अदू के पयाम को

या वस्ल है तलाफ़ी ए हिज्रां[1] में ऐ फ़लक[2]
क्यों सोचता है ताज़ा सितम इन्तेक़ाम को

तेरे समन्दे नाज़[3] की बेजा शरारतें
करते हैं आग नाला ए अन्देशागाम[4] को

गिरिया[5] पे मेरे ज़िन्दादिलो[6] हँसते क्या हो आह
रोता हूँ अपने में दिले जन्नत मक़ाम को

सह-सह के नादुरुस्त[7] तेरी ख़ू[8] बिगाड़ दी
हमने ख़राब आप किया अपने काम को

---

1. विरह की पूर्ति 2. आकाश 3. नख़रेरूपी घोड़े 4. भयंकारी रुदन 5. आँसू 6. मस्त लोग 7. असह्य 8. आदत।

उस से जला के ग़ैर को उम्मीदे पुख़्तगी[9]
लग जाये आग दिल के ख़यालात खाम[10] को

जब तू चले जनाज़ा ए आशिक़[11] के साथ-साथ
फिर कौन वारिसों[12] की सुने अज़्न आम[13] को

शायद कि दिन फिरे हैं किसी तीरा रोज़[14] के
अब ग़ैर उस गली में नहीं फिरते शाम को

---

9. पक्का होने की आशा 10. कच्चे विचार 11. प्रेमी की लाश 12. उत्तराधिकारी 13. रोना-चिल्लाना 14. अभागा।

14

ऐ अज़ल[1] काश[2] उलट जायें शवे हिज्रां[3] में
वो दुआएं कि तेरी जान को हम करते हैं

दम[4] में मत आइयो ऐ ग़ैर की मानिन्द सबा[5]
जिससे लग चलते हैं, वो उससे ही रम[6] करते हैं

हाय क़िस्मत की हुई मुझ पे ज़फा[7] और फ़ज़ूँ[8]
इन दिनों ग़ैर पे गर रहम[9] वो कम करते हैं

क्या ही बेज़ार[10] है इस ज़ीस्त[11] से जी हाय सितम
क़त्ल करते नहीं वो और सितम करते हैं

आबरू रह गयी मरने की कि रोते तो हैं वो
अश्क शादी[12] ही से गो[13] चश्म को नम करते हैं

---

1. मृत्यु 2. क्या ही अच्छा हो 3. विरह की रात 4. जाल 5. प्रातःकाल की हवा 6. घृणा 7. अत्याचार 8. अधिक 9. कृपा 10. परेशान 11. ज़िन्दगी 12. ख़ुशी के आँसू 13. यद्यपि।

15

क़यामत मरते दम आयी फ़ुग़ां से
जहाँ लेकर चले हैं हम जहाँ से

रही शब की-सी बेताबी तो हर रोज़
चुरायेंगे हम आँखें पासबां[1] से

वो आया ख़ाक पर तो भी न उट्ठे
हुए हम क्या सुबुक[2] ख़्वाबे गरां[3] से

मेरा बचना बुरा है, आपने क्यों
अयादत[4] की लबे मोजिज़ बयां[5] से

मिले दुश्मन से क्योंकर बेहिजाब[6] आप
न शर्म आयी मेरे शौक़े निहा[7] से

मेरे घर आप यूं जाते थे किस दिन
उठाना मुद्दआ[8] है आस्तां[9] से

---

1. चौकीदार 2. हलका 3. गहरी नींद 4. बीमार का हाल पूछना 5. चमत्कार करने वाले होठ 6. बे परदा 7. छुपा हुआ शौक़ 8. अभिप्राय 9. चौखट।

वो आये हैं पशेमां[10] लाश पर अब
तुझे ऐ ज़िन्दगी लाऊँ कहाँ से

गर अपने वहम[11] ही से उसने पूछा
मेरा अहवाल मेरे राज़दां[12] से

न बोलूंगा, न बोलूंगा कि मैं हूँ
ज़्यादा बदगुमां[13] उस बदगुमां से

---

10. लज्जित।11. भूल 12. भेद जानने वाला 13. अमित।

16

करता है क़त्ले आम वो अग्यार के लिए
दस-बीस रोज़ मरते हैं दो-चार के लिए

देखा अज़ाब[1] रंजे दिले ज़ार[2] के लिए
आशिक़ हुए हैं वो मेरे आज़ार के लिए

दिल, इश्क़ तेरे नज़्र[3] किया जान क्योंकि दूं
रक्खा है उसको हसरते दीदार[4] के लिए

क़त्ल उसने जुर्मे सब्र ज़फा[5] पर किया मुझे
ये ही सज़ा थी ऐसे गुनहगार के लिए

ले तू ही भेज दे कोई पैग़ामे तल्ख़[6] अब
तज्वीज़[7] ज़हर है तेरे बीमार के लिए

आता नहीं है तू तो निशानी ही भेज दे
तस्कीने इज़्तिराब[8] दिले ज़ार के लिए

---

1. कष्ट 2. दुखी दिल का दर्द 3. भेंट 4. दर्शन की इच्छा 5. अत्याचार सहन करने का अपराध 6. कड़वा सन्देश 7. सलाह 8. बेचैनी को सन्तोष देने के लिए।

17

कल देख के वो इज़ार[1] आतिश[2]
क्या-क्या ही जली है यार आतिश

झोंका तपे ग़म ने जी को निकले
दिल के तेरे अब बुख़ार आतिश

हाँ सैर दिखाएगा कहीं तो
ऐ नाला ए शोला बार[3] आतिश

उफ़ री! तपे गरमि-ए-मुहब्बत[4]
इस नाम पे जांनिसार[5] आतिश

दिल को मेरे पूजे जिब्र[6] जिसकी
सजदे करे[7] बार-बार आतिश

तूने तो वां लगायी मेहंदी
यां दिल में लगी निगार[8] आतिश

---

1. गाल 2. आग 3. आग बरसाने वाला 4. प्रेम की गरमी की जलन 5. न्योछावर 6. पुस्तक 7. सिर झुकाना 8. सुन्दरी।

देखे है तो और लगी है - दिल में
ऐ दीदा ए अश्कबार[9] आतिश

पढ़ता है कहीं ग़ज़ल जो 'मोमिन'
लग उठती है एक बार आतिश

---

9. आँसू बहाने वाली आँखें।

18

कहते हैं तुमको होश नहीं इज़्तिराब में
सारे गिले तमाम हुए इक जवाब में

हम कुछ तो बद[1] थे जब न किया यार ने पसन्द
ऐ हसत इस क़दर ग़लती इन्तिख़ाब[2] में

रहते हैं ज़मा[3] कूच ए जाना[4] में ख़ास ओ आम[5]
आबाद एक घर है ज़हाने खराब[6] में

आँख उसकी फिर गयी थी, दिल अपना भी फिर गया
ये और इन्क़िलाब हुआ इन्क़िलाब में

बदनाम मेरे गिरिया ए रुस्वा[7] से हो चुके
अब उज़्र[8] क्या रहा निगहे बे हिजाब में

मतलब की ज़ुस्तजू[10] ने ये क्या हाल कर दिया
हसरत भी अब नहीं दिले नाकामयाब में

---

1. बुरे 2. चुनाव 3. इकट्ठा 4. प्रेमिका की गली 5. प्रत्येक व्यक्ति 6. बुरा संसार 7. बदनाम आँसू 8. बहाना 9. बेशर्म दृष्टि 10. खोज।

नाकामियों से काम रहा उम्र भर हमें
पीरी में यास[11] है जो हवस[12] थी शबाब में

तक़दीर भी बुरी मेरी तक़रीर[13] भी बुरी
बिगड़े वो पुर्सिशे सबबे इज्तिनाब [14] में

पैहम[15] सजूद[16] पा ए सनम[17] पर दमे विदा
'मोमिन' ख़ुदा को भूल गये इज़्तिराब में

---

11. निराशा 12. वासना 13. उपाय 14. घृणा का कारण पूछना 15. निरन्तर 16. सिर झुकाना 17. प्रेमिका के पाँव।

19

क़हर[1] है, मौत है, क़ज़ा[2] है इश्क़
सच तो ये है बुरी बला है इश्क़

असरे ग़म[3] ज़रा बता देना
वो बहुत पूछते हैं क्या है इश्क़

आफ़ते जां है कोई परदानशीं
कि मेरे दिल में आ छुपा है इश्क़

वस्ल में एहतिमाल[4] शादि ए मर्ग[5]
चारागर[6] दर्द ए बे दवा है इश्क़

किस मलाहत सरिश्त[7] को चाहा
तल्ख़कामी[8] पे बामज़ा[9] है इश्क़

देखिये किस जगह डुबो देगा
मेरी कश्ती का नाख़ुदा[10] है इश्क़

---

1. प्रकोप 2. मौत 3. दुःख का प्रभाव 4. आशंका 5. मारे प्रसन्नता के मर जाना 6. चिकित्सक 7. सांवले सौन्दर्य वाला 8. असफलता 9. मज़ेदार 10. मल्लाह।

अब तो दिल इश्क़ का मज़ा चक्खा
हम न कहते थे क्यों बुरा है इश्क़

आप मुझसे निबाहेंगे, सच है
बावफ़ा[11] हुस्न, बेवफ़ा है इश्क़

क़ैसो फ़रहाद ओ वामिको 'मोमिन'[12]
मर गये सब ही क्या वबा[13] है इश्क़

---

11. ईमानदार 12. प्रेमियों के नाम 13. फैलने वाली बीमारी।

20

कहाँ नींद तुझ बिन मगर आये ग़श[1]
तो इक सूरते ख़्वाब[2] दिखलाये ग़श

तुम्हारी कदूरत[3] से होश आ गया
किया बू ए गुल[4] ने मदावा[5] ए ग़श

न ठहरे बस आईना को देखकर
वो इतना कि देखें तमाशा ए ग़श

क़यामत जुनूं में हूँ नाज़ुक दिमाग़[6]
न क्यों नक्हते गुल[7] से आ जाये ग़श

तेरे बाल लाकर सुंघायें कहीं
कि ग़श हो ये चाराफ़र्मा[8] ए ग़श

न हो जब कि मेरा ख़याले वफ़ात[9]
तो क्या उस सितमगर[10] को परवा[11] ए ग़श

---

1. चक्कर 2. नींद-जैसी हालत 3. कपट 4. मिट्टी की गन्ध 5. उपचार 6. कोमल दिमाग़ 7. फूल की सुगन्ध 8. चिकित्सक 9. मरने का विचार 10. अत्याचारी 11. चिन्ता।

ख़बर लो मेरी तुम कहाँ तक रहे
ये हालत कि ग़श पर चला आये ग़श

ख़ुदाई का जलवा[12] है 'मोमिन' कि तू
गर उस बुत[13] को देखे, तो हो जाये ग़श

---

12. दैवी प्रकाश 13. प्रेमिका

21

कहे है छेड़ने को मेरे गर सब हों मेरे बस में
न दूं मिलने किसी माशूक़ और आशिक़ को आपस में

तने काहीदा[1] से अपने मैं ख़ुश हूँ इस तवक़्क़ो[2] पर
कि इक दिन आये तेरे सर्फ़[3] इशरत ख़ाना ए ख़स[4] में

न मैं अपना, न दिल अपना, न तुम मेरे, न जां मेरी
असर किस-किसको हो, होवे भी गर फ़रियाद बेकस में

कहूँ गर ग़ैर से मत मिल, तो कहवे तान[5] से रुककर
ये क्यों, किस वास्ते हम ऐसे तेरे हो गये बस में

दरे बुतख़ाना[6] ओ इश्क़े बुतां[7] और आप ऐ 'मोमिन'
ये हज़रत आ गये एक बार क्या तब्बे मुक़द्दस[8] में

---

1. दुबला-पतला शरीर 2. आशा 3. ख़र्च 4. ख़स का बना हुआ आरामघर 5. अकड़ कर 6. सुन्दरियों के घर का दरवाज़ा 7. सुन्दरियों का प्रेम 8. पवित्र हृदय।

22

कुछ न सूझा हसरते दीदार[1] से
सहल छूटे मुर्दने दुश्वार[2] से

दाग़े ख़ूं[3] से मेरे वो हैरां हुआ
दामन उलझा है गुले बेख़ार[4] से

यूं कहे दर्द आया अपनी चीज़ का
हाले दिल गर पूछिये दिलदार से

हाय बख़्ते ख़ुफ़्ता[5] की यूं झपकी आँख
दुश्मनों के ताला ए बेदार[6] से

घर पे वो छिपते फिरें इसके सिवा
और हासिल इश्क़ के इज़्हार[7] से

ज़हर टपके है निगाहे यार से
मौत सूझी नर्गिसे बीमार[8] से

---

1. मिलन की इच्छा 2. कठिन मौत 3. ख़ून का धब्बा 4. बिना काँटे का फूल 5. सोया हुआ भाग्य 6. जागे हुए भाग्य 7. प्रकट करना 8. नर्गिस का फूल जो बीमार-सा लगता है।

क़त्ल होकर हम बचे आज़ार[9] से
उम्र के दिन कट गये तलवार से

जा बजा नहरें हैं जारी मैंने अश्क
पोंछे होंगे दामने कुहसार[10] से

लाग़री[11] से ज़िन्दगी मुश्किल हुई
है गिरां तर[12] जान जैसे ज़ार[13] से

---

9. कष्ट 10. पहाड़ का किनारा 11. कमज़ोरी 12. बहुत भारी 13. कमज़ोर शरीर।

23

क्या करूं, क्योंकर रुकूं नासेह रुका जाता है दिल
पेश[1] क्या चलती है उससे, जिस पे आ जाता है दिल

सोज़िशे परवाना[2] दिखलाते हो क्या, मैं क्या कहूँ
देख जलते शम्अ महफ़िल को जला जाता है दिल

या इलाही मुझको किस परदानशीं का ग़म लगा
सीने में अन्दर ही अन्दर कुछ घुला जाता है दिल

दिल हैरते दीदार[3] बस, आईना रख दे हाथ से
अपनी हालत देखकर ज़ालिम कटा जाता है दिल

कोई सुनता ही नहीं, बकता है क्यों दीवानावार[4]
मेरे दिल के साथ नासेह का भी क्या जाता है दिल

---

1. सामने 2. पतंगे की जलन 3. देखकर चकित होना 4. पागलों की भाँति।

24

क्या रम[1] न करोगे अगर इबहाम[2] न होगा
इल्ज़ाम से हासिल बजुज़ इल्ज़ाम न होगा

मनकूश[3] दिले ख़ल्क़[4] है परहेज़ की ख़ूबी[5]
कितना ही करे ज़ुल्म वो बदनाम न होगा

ख़ू[6] हो गयी हीला में तड़पने की शबे वस्ल
गो चैन हो उनको मुझे आराम न होगा

बुलबुल के-से नाले कि सबा की-सी करूं सई[7]
मेरा न हुआ है वो गुलअन्दाम[8] न होगा

वो मश्क़[9] रही और न वो शौक़ है 'मोमिन'
क्या शे'र कहेंगे अगर इल्हाम[10] न होगा

---

1. घृणा 2. ज़िद 3. चित्रित 4. लोगों के दिल 5. गुण 6. आदत 7. प्रयत्न 8. फूलों के समान सुन्दर 9. अभ्यास 10. ईश्वरीय प्रेरणा।

25

ख़ाली हवा ए फ़ित्ना से गाहे जहाँ न हो
इस दम क़यामत आये, अगर आसमां न हो

तर कर दिया है अबे बहारी[1] ने इस क़दर
बिजली गिरे तो गर्म मेरा आशियां न हो

अब शौक़े वस्ल है, न ग़मे क़र्ब मुद्दई[2]
पामाल[3] हो चुका हूँ अबस[3] सरगिरां[4] न हो

करनी न थीं बिगाड़ की बातें गिला[6] में हाय
कैसी बने जो दिल से वो नामेहरबाँ न हो

अज़्मे सफ़र[7] जहाँ से करूं क्या शबे फ़िराक़
मैं जानता हूँ चैन कहाँ तू जहाँ न हो

इस शर्त पर जो लीजे तो हाज़िर है दिल अभी
रंजिश न हो, फ़रेब न हो, इम्तिहां न हो

---

1. वसन्त ऋतु के बादल 2. वादी 3. नष्ट 4. व्यर्थ 5. क्रोधित 6. शिकायतें 7. यात्रा का इरादा।

लिखता हूँ इसको बस्तगि ए दिल[8] का माजरा
आँसू रवां[9] न हों, तो सियाही रवां न हो

ये जामा[10] पारा-पारा[11] तड़पने से हो गया
सुब्हे शबे फ़िराक़[12] है, तू बदगुमां[13] न हो

'मोमिन' बहिश्त ओ इश्क़ हक़ीक़ी[14] तुम्हें नसीब
हमको तो रंज़ हो, जो ग़मे जाविदां[15] न हो

---

8. दिल लगाना 9. बहते हुए 10. कपड़ा 11. टुकड़े-टुकड़े 12. विरह की रात के बाद का प्रातःकाल 13. सन्देह 14. सच्चा प्रेम और स्वर्ग 15. सदा का दुःख।

26

खिल चुकी नर्गिस कि शर्माई ही जाती है बहार
देखकर उसकी बहार आँखें चुराती है बहार

जल्वा ए लाला[1] रक़ीबों[2] को दिखाती है बहार
दाग़ खाने पर मेरे क्या दाग़ खाती है बहार

है ख़िजां में भी वही जोशे जुनूं क्या हो गया
अब कहीं पास अपने हमको ही बुलाती है बहार

जोशे गुल से याद आती हैं तेरी रंगीनियां
रंगे रफ़्ता[3] से मेरे क्या रंग लाती है बहार

दाग़ और ज़ख़्म इसमें हैं जो लाला ओ गुल उसमें हैं
फ़स्ल है या आपके आशिक़ की छाती है बहार

मेरी ज़िद से ग़ैर पर तेरी इनायत देखकर
सब्ज़ा ए बेगाना[4] के क़ुर्बान जाती है बहार

---

1. लाला के फूलों की चमक 2. शत्रुओं 3. उड़ा हुआ रंग 4. अपरिचित घास।

इब्तिदा ए फ़स्ल[5] ही में ग़ैर भी खाते हैं गुल
देखिये इस साल क्या-क्या गुल खिलाती है बहार

चश्मे गुलशन पर क़दम रखता हुआ कौन आयेगा
इतरे फ़ित्ना में ये नर्गिस जब बसाती है बहार

ग़ुंचा हाये आरज़ूए 'मोमिन' अब खिलने को है
ख़ैरमक़्दम[6] गुलशने ईमां में आती है बहार

---

5. फ़स्ल के आरम्भ में 6. स्वागत।

27

ख़ुशी न हो मुझे क्योंकर क़ज़ा[1] के आने की
ख़बर है लाश पे उस बेवफ़ा के आने की

समझ के और ही कुछ मर चला मैं ऐ नासेह
कहा जो तूने नहीं जान जा के आने की

चली है जान नहीं तो कोई निकालो राह
तुम अपने पास तक इस मुब्तिला[2] के आने की

न जाने क्यों दिले मर्ग़े चमन[3] की सीख गयी
बहारे वज़ह[4] तेरे मुसकुरा के आने की

जो बेहिजाब[5] न होगी, तो जान जायेगी
कि राह देखी है उसने हया के आने की

ख़याले ज़ुल्फ़[6] में ख़ुद रफ़्तगी[7] ने कहर किया
उम्मीद थी मुझे क्या-क्या बला[8] के आने की

---

1. मौत 2. फंसे हुए 3. बाग़ के पक्षियों का हृदय 4. वसन्त ऋत का अन्दाज़ 5. बेपरदा 6. केशों की कल्पना 7. बेसुधी 8. मुसीबतें।

करूँ मैं वादा ख़िलाफ़ी[9] का शिकवा किस-किस से
अजल[10] भी रह गयी ज़ालिम सुना के आने की

फिर अब की ला तेरे क़ुर्बान जाऊँ ज़ज्बा ए दिल[11]
गये हैं या से वो सौगन्ध खा के आने की

मुझे ये डर है कि 'मोमिन' कहीं न कहता हो
मेरी तसल्ली को रोज़े जज़ा[12] के आने की

---

9. वचन तोड़ना 10. मौत 11. दिल का खिंचाव 12. सज़ा मिलने का दिन।

28

गर ग़ैर के धर से न दिल आराम[1] निकलता
दम काहे को यूँ ऐ दिले नाकाम निकलता

मैं वहम[2] से मरता हूँ वहाँ रौब से उसके
क़ासिद[3] की ज़बां से नहीं पैग़ाम निकलता

जब जानते तासीर[4] कि दुश्मन भी वहाँ से
अपनी तरह ऐ गर्दिशे अय्याम[5] निकलता

हर एक से उस बज़्म[6] में शब[7] पूछते थे नाम
था लुत्फ़[8] जो कोई मेरा हमनाम[9] निकलता

थी नौहाज़नी[10] दिल के जनाज़े[11] पे ज़रूरी
शायद कि वो घबरा के सरे बाम[12] निकलता

---

1. मन को चैन देने वाला 2. श्रम 3. पत्रवाहक 4. प्रभाव 5. काल चक्र 6. सभा 7. रात 8. आनन्द 9. मेरे ही नाम का 10. रोना-चीख़ना 11. अर्थी 12. छत पर।

29

गुलशन में लाला[1] मैं हूँ कि है दिल में जाए[2] दाग़
अपने तो दिलनशीं[3] नहीं, कुछ भी सिवा ए दाग़

क्या दुख न देखे इश्क़ में, क्या-क्या न पाये दाग़
ज़ख़्मों पे जख़्म झेले हैं, दाग़ों पे खाये दाग़

पहना है किसका जामा ए गुलरोज़[4] ग़ैर ने
क्यों तंग हो गयी मेरे तन पर क़बा ए दाग़

उस रश्के महरो मह[5] की निशानी है देखना
ऐ चश्मे अश्क बार[6] कहीं बह न जाये दाग़

छोड़ा न लालाज़ार[7] में साथ उसने ग़ैर का
सौ बार सीना चीर के मैंने दिखाये दाग़

रह तू बग़ल में ग़ैर के सीने से लग के या
पहलू बराए जख़्म[8] है, सीना बराए दाग़

---

1. एक फूल 2. जगह 3. प्रेमिका 4. फूलों जैसे कपड़े 5. चाँद और सूरज की जलन 6. आँसुओं से भीगी आँख 7. बाग़ 8. घाव के लिए।

तारों के बदले गिन के शबे तार[9] काट दी
अय्यामे हिज्र[10] में मेरे क्या काम आये दाग़

9. अंधेरी रात 10. विरह के दिन।

30

ग़ुस्सा बेगानावार[1] होना था
बस यही तुझसे यार होना था

क्यों न होते अज़ीज़[2] ग़ैर तुम्हें
मेरी क़िस्मत में ख़्वार[3] होना था

मुझसे जन्नत में वो सनम न मिला
हश्र और एक बार होना था

ख़ाक होता न मैं तो क्या करता
उसके दर का ग़ुबार[4] होना था

हरज़ागरदी[5] से हम ज़लील हुए
चर्ख़[6] का ऐतबार होना था

सब्र कर सब्र, हो चुका जो कुछ
ऐ दिले बेक़रार होना था

---

1. अपरिचितों की भाँति 2. प्रिय 3. अपमानित 4. धूल 5. आवारापन 6. आकाश

रात-दिन बादा ओ सनम[7] 'मोमिन'
कुछ तो परहेज़गार होना था

7. प्रेमिका और शराब।

31

चश्मा-ए-हैवां बना उसके लबों की शर्म से
पानी-पानी बस कि एजाज़े मसीहा[1] हो गया

किस तरह मालूम हो हाले दिले गुमगश्ता[2] हाए
जो कबूतर ले गया वां नामा उन्क़ा[3] हो गया

जानो-दिल पर लश्कर आराई[4] थी जोशे यास[5] की
मुफ़्त इस बलवे में शब ख़ूने तमन्ना हो गया

शरबते मर्ग[6] आबे हसरत[7] शोर बख़्ती[8] ज़ारे ग़म[9]
तल्ख़कामी[10] से मुझे क्या-क्या गवारा[11] हो गया

मैं तो दीवाना था, उसकी अक़्ल को क्या हो गया
क़ैस[12] कहता है मुझे नासेह[13] को सौदा[14] हो गया

जज़्बा ए दिल ज़ोर आज़माना छोड़ दे
पा ए नाज़ुक का सताना छोड़ दे

---

1. मुर्दों को ज़िन्दा करने का ईसा का चमत्कार 2. खोये हुए दिल का हाल 3. लुप्त आक्रमण 5. निराशा की तरंग 6. मृत्युरूपी मधुर पेय 7. आशा का जल 8. दुर्भाग्य 9. क्लेशरूपी दुःख 10. दुर्लभ होने के कारण 11. सहज 12. मजनूं 13. उपदेशक

32

हूँ वो मजनूं गर मैं ज़िन्दां[1] में रहूँ
फ़स्ले गुल[2] गुलशन में आना छोड़ दे

हम नहीं उठने के तेरी बज़्म से
पास ग़ैरों को बिठाना छोड़ दे

उस दहन[3] को ग़ुंचा-ए-दिल[4] क्या कहूँ
डर लगे है मुस्कुराना छोड़ दे

आह मेरी कब दुआ ए नूह[5] थी
चश्मतर[6] क्या क्या उठाना छोड़ दे

नातवानी[7] से नज़ाकत[8] है ज़्याद
मुझसे तू दामन छुड़ाना छोड़ दे

गर है 'मोमिन' रोज़ा ए बस्ले बुतां[9]
तू ग़मे फ़ुर्कत[10] भी खाना छोड़ दे

---

1. बन्दीगृह 2. फूलों की ऋत 3. मुँह 4. दिल की कली 5. पैग़म्बर नूह की प्रार्थना 6. भीगी हुई आँख 7. कमज़ोरी 8. कोमलता 9. प्रेमिकाओं से मिलने के लिए 10. विरह का दुःख।

33

जहाँ[1] से शक्ल को तेरी तरस-तरस गुज़रे
जो तुझ पे बस न चला, अपने जी से बस गुज़रे

बनी है सूरे सराफ़ील[2] आह बेतासीर
कि मेरे दम पे क़यामत नफ़स-नफ़स[3] गुज़रे

न जाऊँ क्योंकि सू ए दाम[4] आशियाने से जब
ख़याले स्रते मुर्ग़ाने हमक़फ़स[5] गुज़रे

हो और को तो हिदायत जो ख़ुद हूँ आवारा
ये उम्र काश कि जूं नाला ए जरस[6] गुज़रे

कहाँ वो रब्ते बुतां[7] अब कि उसको तो 'मोमिन'
हज़ार साल हुए, सैकड़ों बरस गुज़रे

---

1. संसार 2. हज्रत इसराफ़ील की तुरही 3. प्रत्येक साँस पर 4. जाल की ओर 5. साथ के बन्दी पक्षियों की इच्छाएँ 6. घण्टे की आवाज़ 7. प्रेमिकाओं का सम्पर्क।

34

जाते थे सुबह रह गये बेताब देखकर
ताला[1] हमारे चौंक पड़े ख़्वाब देखकर

पाया जो दुश्मनों ने तेरे पास ऐतबार[2]
आँखें चुराते हैं मुझे अहबाब[3] देखकर

तौबा कहाँ कदूरते बातिन[4] के होश थे
ग़श हो गया मैं रंगे मय नाब[5] देखकर

रोये वो मेरे हाल पर हैरान क्यों न हों
आँखें सी खुल गयीं दुरे नायाब[6] देखकर

है-है तमीज़[7] इश्क़ ओ हवस[8] आज तक नहीं
वो छुपते फिरते हैं मुझे बेताब देखकर

'मोमिन' ये ताब[9] क्या कि तक़ाज़ा ए जल्वा[10] हो
काफ़िर हुआ मैं दीन[11] के आदाब[12] देखकर

---

1. भाग्य 2. भरोसा 3. मित्र 4. भीतरी शत्रुता 5. शराब का रंग 6. अप्राप्त मोती 7. पहचान 8. प्रेम और वासना 9. शक्ति 10. दर्शन देने की माँग 11. धर्म 12. शिष्टाचार।

35

जो तेरे मुँह से न हो शर्मसार[1] आईना
तो रुख़[2] करे सू ए आईनावार[3] आईना

कहे है देख के रुख़्सार[4] यार आईना
कि इस सफ़ाई पे सदके निसार[5] आईना

सफ़ाई-ए-दिल[6] की क़द्र[7] कहाँ तीरा रोज़ी[8] में
चराने सुब्ह है शब हाये तार[9] आईना

मुक़ाबिल उस रुख़े रौशन[10] के खुल गयी क़लई
न ठहरा आग पे सीमाब वार[11] आईना

शिकस्ते रंग[12] पे मस्ती में हँसते हैं हम भी
दिखायेंगे उन्हें वक़्ते ख़ुमार[13] आईना

मुझे तो कहते हो मत देख मेरी जानिब[14] तू
और आप देखते हो बार-बार आईना

---

1. लज्जित 2. मुँह 3. दर्पण देखने वाले की ओर 4. गाल 5. न्योछावर 6. हृदय की निष्कपटता 7. सम्मान 8. बुरे दिन 9. अंधेरी रातें 10. चमकदार चेहरा 11. पारे की भाँति 12. रंग उड़ना 13. नशे में 14. तरफ़।

समझ तो 'मोमिन' अगर ना रवा[15] हो ख़ुदबीनी[16]
तो देखें काहे को परहेज़गार आईना

15. अनुचित 16. अपने आप को देखना।

36

जो पहले दिन ही से दिल का कहा न करते हम
तो अब ये लोगों की बातें सुना न करते हम

अगर न दाम[1] में ज़ुल्फ़े सियह[2] के आ जाते
तो यूं ख़राब ओ परीशां रहा न करते हम

अगर न लगती चुप उस बदगुमां[3] की शोख़ी[4] से
तो बात-बात में मुज़्तर[5] हुआ न करते हम

अगर जलाते न उस शोला रू[6] के इश्क़ में जी
तो सोज़े आतिशे ग़म[7] से जला न करते हम

उस आफ़ते दिल ओ जां पर अगर न मर जाते
तो अपने मरने की हरदम दुआ न करते हम

न भरते दम[8] जो किसी शोला रू की ख़्वाहिश का
तो ठंडी साँस हमेशा भरा न करते हम

---

1. जाल 2. काले बाल 3. सन्देह करने वाला 4. चंचलता 5. बेचैन 6. आग की लपटों-जैसा 7. दुःखरूपी आग की जलन 8. प्रशंसा करना।

अगर न आँख तग़ाफ़ुल शआर[9] से लगती
तो बैठे-बैठे ये यूं चौक उठा न करते हम

न होश खोते अगर उस परी की बातों पर
तो आप ही आप ये बातें किया न करते हम

अगर न हँसना हँसाना किसी का भा जाता
तो बात-बात पे यूं रो दिया न करते हम

---

9. लापरवाह।

37

ठानी थी दिल में अब न मिलेंगे किसी से हम
पर क्या करें कि हो गये नाचार[1] जी से हम

हँसते जो देखते हैं किसी को किसी से हम
मुँह देख-देख रोते हैं किस बेकसी से हम

उस कू में जा मरेंगे मदद ऐ हुजूमे शौक़[2]
आज और ज़ोर करते हैं बे ताक़ती से हम

साहब ने इस गुलाम को आज़ाद कर दिया
लो बन्दगी कि छूट गये बन्दगी[3] से हम

बे रोये मिस्ले अब्र[4] न निकला ग़ुबारे दिल[5]
कहते थे उनको बर्क़े तबस्सुम[6] हँसी से हम

मुँह देखने से पहले भी किस दिन वो साफ़ था
बेवजह क्यों ग़ुबार[7] रखें आरसी[8] से हम

---

1. मज़बूर 2. अनगिनत इच्छाएँ 3. चाकरी 4. बादल की भाँति 5. हृदय की कसक 6. जिसकी मुसकान बिजली की भाँति हो 7. मैल 8. एक प्रकार की अंगूठी।

है छेड़छाड़ इख़्तिलात[9] भी पैरों के सामने
हँसने के बदले रोयें न क्यों गुदगुदी से हम

क्या दिल को ले गया कोई बेगाना आश्ना[10]
क्यों अपने जी को लगते हैं कुछ अजनबी से हम

इन नातवानियों[11] पे भी थे ख़ारे राहे ग़ैर[12]
क्योंकर निकाले जाते न उसकी गली से हम

---

9. प्रेम 10. अनजान मित्र 11. कमजोरियां 12. दूसरों के रास्ते के काँटे।

38

तकलीफ़ से जूं पंजा ए गुल[1] लाल हुआ हाथ
नाज़ुक है वो बस छोड़ दे ऐ रंगे हिना[2] हाथ

मैं अपने गिरेबान के टुकड़ों का हूँ पैरो[3]
चलते हैं जुनूं में मेरे पाँवों से सिवा हाथ

हंगामे विदा[4] आह गला काट रहे थे
क्या खींचते दामन को तेरे काम में था हाथ

रक्खा तो दिले चश्म से अब उठ नहीं सकता
क़ुर्बान नज़ाकत के मैं, क्या पाँव हैं, क्या हाथ

होने न दिया चाक[5] गरेबान क़ुन को
यारों ने किये दफ़्न मेरे तन से जुदा हाथ

जैसा मुझे आराम तेरे हाथ से आया
अल्लाह करे यूं ही तेरा सीना मेरा हाथ

1. फूल की पंखुड़ियाँ जो पंजे की भाँति होती हैं 2. मेहंदी का रंग 3. अनुयायी 4. विदाई के समय 5. फटना।

जूँ शाख़े गुल[6] ऐ जोशे जुनूं ज़ार[7] हो यानी
तक चाक हुआ जामा[8] तो बस टूट गया हाथ

6. फूल की डाली 7. दुर्बल 8. कपड़ा।

39

तसल्ली दमे वापसी[1] हो चुकी
हमीं हो चुके जब नहीं हो चुकी

क़लक़[2] कुश्ता ऐ सख़्त जानी[3] है फिर
उमीदे अजल[4] आफ़रीं[5] हो चुकी

बुला उस सियहरोज़[6] को बज़्म में
शबे ऐश[7] ऐ महजबीं[8] हो चुकी

यहाँ दम नहीं, शौक़ से क़त्ल कर
मेरे ख़ूं से तर आस्तीं हो चुकी

ख़याले अजल से तसल्ली करूं
वो ताक़त भी जाने हज़ीं[9] हो चुकी

जुनूं में भला कोई क्या ख़ाक उड़ाये
कि इक जोश ही में ज़मीं हो चुकी

---

1. उलटी साँस 2. दुःख 3. कठिनाई से मरने वाला 4. मौत की आशा 5. पूर्ण 6. अभागा 7. सुख की रात 8. चाँद जैसे मुख वाला 9. कमज़ोर दिल।

कमी[10] में है 'मोमिन' वो काफ़िर सनम
बस अब पासबानी ए दीं[11] हो चुकी

10. घात 11. धर्म की रक्षा।

40

तासीर[1] सब्र में, न असर इज़्तिराब[2] में
बेचारगी[3] से जान पड़ी किस अज़ाब[4] में

बे नाला[5] मुँह से झड़ते हैं, बे गिरिया[6] आँख से
अज्ज़ा ए दिल[7] का हाल न पूछ इज़्तिराब में

इतनी कुदूरत[8] अश्क में हारा हूँ, क्या कहूँ
दरिया में है सराब[9] कि दरिया सराब में

फ़िक्रे मआल[10] से मय ओ शाहिद[11] रहे अज़ीज़[12]
पीरी[13] में मौत याद थी पीरी शबाब[14] में

खोला जो दफ़्तरे गिला[15] अपना ज़ियां[16] किया
गुज़री शबे विसाल सितम के हिसाब में

ऐ हश्र! जल्द कर तह ओ बाला[17] जहान को
यूं कुछ न हो, उम्मीद तो है इन्क़िलाब में

---

1. प्रभाव 2. बेचैनी 3. बेबसी 4. कष्ट 5. बिना प्रलाप के 6. बिना रोये 7. दिल के टुकड़े 8. कपट 9. मृगतृष्णा 10. फल की चिन्ता 11. शराब और सौन्दर्य 12. प्रिय 13. बुढ़ापा 14. जवानी 15. अनेक शिकायतें 16. हानि 17. ऊपर-नीचे।

41

तुम उठ गये महफ़िल से ज़िक्र आते ही मजनूं का
साये से मेरे वहशते ऐ रश्के परी[1] इतनी

बेपरदा पसे चिलमन[2] यक बार तुम आ बैठे
है ताबे नज़र[3] किसको क्यों जल्वागरी[4] इतनी

लाज़िम था हज़र[5] मुझसे नाचीज़[6] के नालों से
पर तुझको कहाँ ग़ैरत[7] ऐ बेअसरी[8] इतनी

लो छेड़े है नक्हत[9] को गुलहाए शबीना[10] की
अब तुमसे भी चल निकली[11] बादे सहरी[12] इतनी

ये कौन कहे उससे, की तर्के वफ़ा[13] मैंने
कर तू ही ज़रा नासेह पैग़ाम्बरी[14] इतनी

सजदा न कहीं करना 'मोमिन' क़दमे बुत पर
का'बे ही में होती है बेहूदासरी इतनी

---

1. परियों को भी लज्जित करने वाला 2. घूंघट के पीछे 3. देखने की शक्ति 4. चमकना 5. घृणा 6. तुच्छ 7. लज्जा 8. प्रभावहीनता 9. सुगन्ध 10. शबीना के फूल 11. मुँह को लगी हुई 12. प्रातःकाल की हवा 13. निष्ठा का त्याग कर देना 14. सन्देश ले जाना।

42

तुम भी रहने लगे ख़फ़ा साहब
कहीं साया मेरा पड़ा साहब

है ये बन्दा ही बेवफ़ा साहब
ग़ैर और तुम भले भला साहब

क्यों उलझते हो जुम्बिशे लब[1] से
ख़ैर है मैंने क्या कहा साहब

दमे आख़िर[2] भी तुम नहीं आते
बन्दगी अब कि मैं चला साहब

नाम इश्क़े बुतां[3] न लो 'मोमिन'
कीजिये बस ख़ुदा-ख़ुदा साहब

---

1. होठों का हिलना 2. अन्तिम समय 3. प्रेमिकाओं का प्रेम।

43

थी वस्ल में भी फ़िक्रे जुदाई[1] तमाम शब
वो आये, तो भी नींद न आयी तमाम शब

गरमे जवाब[2] शिकवा ए जीरे अदू[3] रहा
उस शोला ख़ू[4] ने जान जलायी तमाम शब

मर जाते क्यों न सुबह के होते ही हिज्र में
तकलीफ़ कैसी-कैसी उठायी तमाम शब

धर पाँव आस्तां[5] पे कि इस आरज़ू में आह
की है किसी ने नासिया-साई[6] तमाम शब

'मोमिन' मैं अपने नालों के सदक़े कि कहते हैं
उनको भी आज नींद न आयी तमाम शब

1. अलगाव 2. क्रोध की हालत 3. शत्रु के अत्याचार की शिकायत 4. क्रोधी 5. चौखट 6. माथा रगड़ना।

44

दरबदर[1] नासिया फ़रसाई[2] से क्या होता है
वही होता है, जो क़िस्मत में लिखा होता है

इक नज़र देखे से सर तन से जुदा होता है
बेजगह आँख लड़ी, देखिये क्या होता है

शौक़ कम मिलने से अन्दोह फ़ज़ा[3] होता है
हाय! परहेज़ से ये दर्द सिवा होता है

चश्मे ख़ूंबार[4] मेरी आपने तलवों से मली
वरना ऐसा भी कहीं रंगे हिना होता है

जां ब लब[5] हूँ ख़बरे वस्ल सुना दे क़ासिद
लब हिलाने में तेरे, काम मेरा होता है

हो के आज़ुर्दा[6] पशेमां हूँ कि मैं जिससे कहूँ
वो ही कहवे कोई ऐसे से ख़फ़ा होता है

---

1. गली-गली 2. माथा लड़ने से 3. दुःख का माहौल 4. लहू से भरी आँख 5. मरने के निकट 6. परेशान।

दिल दिया जिसने वो नाकाम रहा ता दमे ज़ीस्त
फ़िल हक़ीक़त[7] कि बुरा काम बुरा होता है

वा[8] रहें हश्र तलक बहरे दुआ[9] गो[10] लबे ज़ख़्म
पर तेरा हक़ ए नमक[11] कोई अदा[12] होता है

ज़हर नोशे ग़मे शीरीं ने कहा ख़ुसरो[13] से
तल्ख़-ए-मर्ग[14] में शक्कर का मज़ा होता है

---

7. वास्तव में। 8. खुला हुआ 9. दुआ के लिए 10. यद्यपि 11. एहसान 12. देना 13. एक राजा 14. मौत की कड़वाहट।

45

दिखाते आईना हो और मुझमें जान नहीं
कहोगे फिर भी कि मैं तुझ-सा बदगुमान[1] नहीं

जो यार सुलह पे है अब तो आसमान नहीं
वो मेहरबान हुआ तो ये मेहरबान नहीं

ये गुल हैं दाग़ जिगर के इन्हें समझकर छेड़
ये बाग़ सीना ए आशिक़[2] है गुलिस्तान[3] नहीं

न चाहूँ रोज़े जज़ा[4] दाद[5] ये सितम देखो
कब आज़माते हैं जब वक़्ते इम्तिहान नहीं

न पूछे हाल तू जब तक मेरा बयां न करूं
मेरी ज़बान नहीं गर तेरे दहान[6] नहीं

शबे फ़िराक़[7] में पहुँची न दिल से जान तलक
कहीं अज़ल[8] भी तो मुझ-सी ही नातवान[9] नहीं

---

1. सन्देह करने वाले 2. प्रेमी की छाती 3. बारा 4. सज़ा मिलने का दिन 5. प्रशंसा 6. मुँह 7. विरह की रात 8. मौत 9. कमज़ोर।

वो हाल पूछे है और चश्मे सुरमगीं[10] को देख
ये चुप हुआ हूँ कि गोया मेरी ज़बान नहीं

निकल के दैर[11] से मस्जिद में जा रह ऐ 'मोमिन'
ख़ुदा का घर तो है तेरे अगर मकान नहीं

---

10. सुरमा लगी आँखें 11. मन्दिर।

46

दिन भी दराज[1] रात भी क्यों है फ़िराक़े यार[2] में
काहे से फ़र्क़ आ गया गर्दिशे रोज़गार[3] में

ख़ाक में वो तपिश[4] नहीं, ख़ार में वो ख़लिश[5] नहीं
क्यों न हमें ज्यादा हो जोशे जुनूं[6] बहार में

मर्ग[7] है इन्तिहा ए इश्क़[8] या रही इब्तिदा ए शौक़[9]
ज़िन्दगी अपनी हो गयी रंजिशे बार-बार में

ख़ाक उड़ाई गुल ने ये किसके जुनूने इश्क़ में
आये है कुछ अटी हुई बादे सबा[10] ग़ुबार में

ध्यान में 'मोमिन' आ गये बहसे ज़ब्र ओ इख़्तियार[11]
क़ाबू ए यार में हैं हम, वो नहीं इख़्तियार में

---

1. लम्बा 2. प्रेमिका का विरह 3. संसार का चक्र 4. गरमी 5. चुभन 6. पागलपन 7. मौत 8. प्रेम की चरम सीमा 9. प्रेम का आरम्भ 10. प्रातःकाल की 11. अपने को वश में रखने का विवाद।

47

दिल आग है और लगायेंगे हम
क्या जाने किसे जलायेंगे हम

अब गिरिया[1] में डूब जायेंगे हम
यूं आतिशे दिल बुझायेंगे हम

गर ग़ैर से है ये रंगे सोहबत
तो और ही रंग लायेंगे हम

तू बख़्ते[2] अदू[3] अजल[4] फ़लके दिल[5]
किस-किस के सितम उठायेंगे हम

दुश्मन के कहे से रूठता है
वो ही कहें, तो मनायेंगे हम

---

1. आँसू 2. भाग्य 3. शत्रु 4. मौत 5. दिलरूपी आकाश।

48

दिल क़ाबिले मुहल्ला ए जानां[1] नहीं रहा
वो वलवला[2] वो जोश, वो तुग़यॉं[3] नहीं रहा

करते हैं अपने ज़ख़्मे जिगर का रफ़ू हम आप
कुछ भी ख़याले जुम्बिशे मिज़गां[4] नहीं रहा

क्या अच्छे हो गये कि भले से बुरे हुए
यारो के फ़िक्र ए चारा ओ दरमां[5] नहीं रहा

नाकामियों[6] का गाह[7] गिला गाह शुक्र है
शौक़े विसाल ओ अन्दोहे हिज्रां[8] नहीं रहा

बेकारि ए उमीद से फ़ुर्सत हो रात-दिन
वो कारोबारे हसरतों हरमां[9] नहीं रहा

बेएतबार हो गये हम तर्के इश्क़[10] से
अज़ बस[11] कि पासे वादा ए पैमां[12] नहीं रहा

1. प्रेमिका के प्रेम के योग्य 2. मस्ती 3. अवहेलना 4. पलकों का हिलना 5. उपाय और इलाज 6. असफलताएँ 7. कभी 8. विरह का दुःख और मिलन की इच्छा 9. दुःख एवं इच्छाएँ 10. प्रेम से मुँह मोड़ना 11. अधिक 12. वादों का ख़याल।

नींद आ गयी फ़साना ए गेसू ओ ज़ुल्फ़ से
वहम ओ गुमान[13] ख़्वाबे परीशां नहीं रहा

---

13. ख़याल और सन्देह।

49

दिल में उस शोख़ से राह[1] न की
हमने भी जान दी, पर आह न की

परदापोशी[2] ज़रूर थी, ऐ चर्ख़
क्यों शबे बुलहवस[4] सियाह[5] न की

तिश्नालब[6] ऐसे हम गिरे मय पर
कि कभी सैरे ईदगाह[7] न की

उसको दुश्मन से क्या बचाये, वो चर्ख़
जिसने तद्बीर खस्फ़े माह[8] न की

कौन ऐसा कि उससे पूछे क्यों
पुरसिशे हाल दाद ख़्वाह[9] न की

था बहुत शौक़ वस्ल तूने तो
कमी ऐ हुस्न ताबगाह[10] न की

---

1. प्रेम 2. छिपाना 3. आकाश 4. कामी व्यक्ति की रात 5. काली 6. प्यासे होठ 7. मदिरा 8. दैविक स्थानों की सैर 9. नज़र लगाना 10. अत्याचार सहने वाले का हाल-चाल पूछना।

इश्क़ में काम कुछ नहीं आता
गर न की हिसों[11] माल ओ जाह[12] न की

ताब कमज़र्क[13] को कहाँ, तुमने
दुश्मनी की अदू[14] से चाह न की

---

11. शक्ति घटाने वाला 12. लालच 13. धन और स्थान 14. शत्रु।

50

दुआ बला थी शबे ग़म सुकूने जां[1] के लिए
सुख़न[2] बहाना हुआ मर्गे नागहां[3] के लिए

न पा ए यार[4] के बोसे न आस्तां[5] के लिए
अबस[6] मैं ख़ाक हुआ मैले आसमां[7] के लिए

ख़िलाफ़ वादा ए फ़र्दा[8] की हमको ताब
उम्मीद एक शुब्हा है यास जाविदां[9] के लिए

सुनें न आप तो हम बुलहवस से हाल कहें
कि सख़्त चाहिए दिल अपने राज़दां के लिए

हिजाबे चर्ख़ बला है हुआ करे बेताब
फ़ुग़ां असर के लिए और असर फ़ुग़ां के लिए

है एतमाद[10] मेरे बख़्ते-खुफ़्ता को[11] पे क्या-क्या
वगरना ख़्वाब कहाँ चश्मे पासबां[12] के लिए

---

1. दिल का दुखना 2. बात 3. अचानक मात खाना 4. प्रेमिका के पाँव 5. चौखट 6. व्यर्थ 7. आसमान की आसक्ति 8. कल के वादे के विरुद्ध 9. हमेशा की नाउम्मीदी 10. भरोसा 11. सोया हुआ भाग्य 12. चौकीदारी करने वाली आँख।

मज़ा ये शिकवा में आया कि बे मज़ा हुए वो
मैं तल्ख़ काम[13] रहा लज़्ज़त ए ज़बां के लिए

लिया है दिल के एवज़ जान दे रक़ीब तो दूं
मैं और आपकी सौदाग़री ज़ियां[14] के लिए

13. असफल 14. हानि।

51

दोस्तो ले आओ क़ातिल को किसी तद्बीर से
सर कटायेंगे कि अब तो जंग है तक़्दीर से

जी रुके है ज़ब्त[1] करते-करते मैं तो मर गया
नाक में आया दम इस आहे सितम तासीर[2] से

सुबह क्योंकर एक़दम में हो गयी शामे फ़िराक़[3]
क्या असर होता था तुमको नाला ए शबगीर[4] से

उनको जल्दी जाने की, मुझको अज़ाबे जांकनी[5]
दोनों का दम नाक में है, मौत की ताख़ीर[6] से

मार डाला हमको जौरे गर्दिशे अय्याम[7] ने
बढ़ गयी रात अपनी रोज़े हश्र[8] की तक़सीर[9] से

है फ़साना साथ सोये कब किसी तद्बीर से
नींद आती है हमारे ख़्वाब की ताबीर[10] से

---

1. सब्र 2. अत्याचार करने वाली आहें 3. विरह की शाम 4. आधी रात का रोना 5. प्राण निकलने का कष्ट 6. देर 7. कालचक्र का अत्याचार 8. प्रलय का दिन 9. अपराध 10. स्वप्न का फल।

बज़्मे दुश्मन[11] से न उट्ठे वो किसी तद्बीर से
मिल गये हम ख़ाक में महशर तेरी ताख़ीर से

मेरे लिखे को मिटाया आपने, अच्छा हुआ
था शगुन[12] ही मुद्दआ[13] या नामा[14] की तहरीर से

ऐसे नाज़ुक के शमायल[15] क्यों न दिल में नक़्श हों
खिंच गया सीना पे नक़्शा ग़ैर की तस्वीर से

---

11. शत्रु की बैठक। 12. शुभ मुहूर्त देखना 13. अभिप्राय 14. पत्र 15. आदतें।

52

न इन्तिज़ार में या आँख एक आन लगी
न हाय-हाय में तालू से शब ज़बान लगी

जला जिगर तपे ग़म[1] से फड़कने जान लगी
इलाही ख़ैर कि अब आग पास आन लगी

गली में उसकी न फिर आते हम तो क्या करते
तबीअत अपनी न जन्नत[2] के दरमियान[3] लगी

ज़फ़ा ए ग़ैर[4] का शिकवा[5] था, तेरा था क्या ज़िक्र
अबस[6] ये बात बुरी तुझको बदगुमान[7] लगी

हंसो न तुम तो मेरे हाल पर, मैं हूँ वो ज़लील[8]
कि जिसकी जिल्लत ओ ख़्वारी[9] से तुमको शान लगी

कहाँ वो आहो फ़ुग़ां दम भी ले नहीं सकते
हमें ये तेरी दुआ ए बद[10] आसमान लगी

---

1. दुःख की गरमी 2. स्वर्ग 3. बीच में 4. दूसरों के अत्याचार 5. उलाहना 6. व्यर्थ 7. शंका करने वाला 8. अपमानित 9. तिरस्कार और अनादर 10. शाप।

मैं और उसको बुलाऊँगा रोज़े दस्त में लो
अजल[11] भी करने मुहब्बत का इम्तिहान लगी

सदा तुम्हारी तरफ़ जी लगा ही रहता है
तुम्हारे वास्ते है दिल को मेहरबान लगी

---

11. मौत।

53

न कटी हमसे शब जुदाई की
कितनी ही ताक़त आज़माई की

रश्के दुश्मन[1] बहाना था सच है
मैंने ही तुमसे बेवफ़ाई की

आये वो दस्ते ग़ैर[2] में दिये हाथ
आस[3] तूने शिकस्तापायी[4] की

घर तो उस माहवश[5] का दूर न था
लेक[6] ताले[7] ने ना रसाई[8] की

मर गये, पर है बे ख़बर सैयाद
अब तवक़्क़ो[9] नहीं रिहाई[10] की

'मोमिन' आओ तुम्हें भी दिखला दूं
सैरे-बुतख़ाना[11] में ख़ुदाई[12] की

---

1. शत्रु की जलन 2. दूसरे के हाथ में 3. आशा 4. हार जाना 5. चाँद-जैसा 6. लेकिन 7. भाग्य 8. पहुँच न होना 9. आशा 10. छुटकारा 11. प्रेमिकाओं की गली की सैर 12. दुनिया।

54

न कुछ शोख़ी[1] चली बादे सबा[2] की
बिगड़ने में भी ज़ुल्फ़ उसकी बना की

कभी इन्साफ़ ही देखा न दीदार[3]
क़यामत अक्सर उस कू[4] में रहा की

फ़लक[5] के हाथ से मैं जा छिपूं गर
ख़बर ला दे कोई तहसुलसरा[6] की

शबे वस्ले अदू[7] क्या-क्या जला है
हक़ीक़त खुल गयी रोज़े जज़ा[8] की

चमन में कोई उस कू से न आया
गयी बरबाद सब मेहनत सबा की

कशीदे दिल[9] पे बाँधी है कमर आज
नहीं ख़ैर[10] आपके बन्दे क़बा[11] की

---

1. चंचलता 2. प्रातःकाल की वायु 3. मिलन 4. गली 5. आकाश 6. पाताल 7. शत्रु की प्रणय रात 8. प्रलय का दिन 9. दिल को खोलना 10. रक्षा 11. चोली के बन्धन।

किया जब इल्तिफ़ात[12] उसने ज़रा-सा
पड़ी हमको हुसूले मुद्दआ[13] की

कहा है ग़ैर ने तुमसे मेरा हाल
कहे देती है बेबाक़ी[14] अदा की

---

12. मेहरबानी 13. मतलब निकालना 14. निर्भयता।

55

न क्योंकर बस मुआ जाऊँ[1] कि याद आता है रह-रहकर
वो तेरा मुसकुराना कुछ मुझे होटों में कह-कहकर

बहारे बाग़ दो दिन है, ग़नीमत जान ऐ बुलबुल
ज़रा हंस-बोल ले, हो ज़मज़मा परवाज़[2] चह-चहकर

नवेद ए दिल[3] कि रश्के ग़ैर[4] से छूटे उसे हमने
सितम का कर दिया ख़ूगर[5] जफ़ा ओ जौर[6] सह-सहकर

कहाँ लख़्ते जिगर हैं सैले गिरियां[7] में चढ़ा दरिया
चले आते हैं ये डूबे हुओं के लाशे बह-बहकर

ख़ुदा को मान, अपनी राह ले, का'बा को जा 'मोमिन'
सनमख़ाना[8] में क्या लेवेगा ऐ गुमगश्ता[9] रह-रहकर

---

1. मरा जाऊँ 2. गाने की ऊँची आवाज़ 3. दिल का निमंत्रण 4. दूसरों से जलना अभ्यस्त 6. ज़ुल्म और अत्याचार 7. आँसुओं की बाढ़ 8. प्रेमिकाओं का घर भटके हुए।

56

न देना बोसा ए पा[1] गो[2] फ़लक झुकता ज़मीं पर है
कि ये उतना ज़मीं के नीचे है, उतना ज़मीं पर है

तड़पता है पड़ा शौक़े शहादत[3] ख़ाक और ख़ूं में
गिरा कूचे में तेरे ये लहू किसका ज़मीं पर है

ख़िरामे नाज़[4] ने किसके जहाँ को कर दिया बरहम[5]
ज़मीं गिरती फ़लक पर है, फ़लक गिरता ज़मीं पर है

रहा उस कू[6] में, मिट्टी यार ले जायें, तो ले जायें
कि पड़ता पाँव मानिन्दे निशाने पा[7] ज़मीं पर है

फ़रिश्तो! ले चले उस कू से क्यों जन्नत में तुम मुझको
भला क्या साकिनाने चर्ख़[8] का दावा ज़मीं पर है

---

1. पैर का चुम्बन 2. यद्यपि 3. मरने की इच्छा 4. इठलाती चाल 5. नाराज़ 6. गली 7. पैरों के निशान की भाँति 8. आकाश पर रहने वाले।

57

नासेह उनको गर मेरी शक्ल से तनफ़्फ़ुर[1] है
तो भी कम निगाही[2] क्यों जानिबे ए वफ़ा[3] देखें

कुछ नहीं नज़र आता आँख लगते ही नासेह
गर नहीं यक़ीं हज़रत आप भी लगा देखें

चश्मे वा[4] ने नाबीना[5] कर दिया जुदाई में
कोई आँख लगती है ख़्वाबे वस्ल[6] क्या देखें

किसने और को देखा, किसकी आँख झपकी है
देखना इधर आओ, फिर नज़र मिला देखें

वहमे आशिक़ी[7] से तो ये सितम न करता हो
क्यों निगाहे हसरत[8] से चर्ख़[9] को सदा[10] देखें

---

1. घृणा 2. संकीर्णता 3. निष्ठा की ओर 4. खुली हुई आँख 5. अन्धा 6. मिलन की कल्पना 7. प्रेम का भ्रम 8. इच्छा से भरी दृष्टि 9. आकाश 10. सदैव।

58

पामाल[1] इक नज़र में क़रार ओ सबात[2] है
उसका न देखना निगहे इल्तिफ़ात[3] है

पैग़म्बर ए रक़ीब[4] से होते हैं मशविरे
सुनता नहीं किसी की, ये कहने की बात है

छुटकर गुमान असीरे मुहब्बत[5] की ज़िन्दगी
नासेह ये बन्दे ग़म[6] नहीं, क़ैदे हयात[7] है

क्या यूं ही जायेगी मेरी फ़र्याद सरज़निश[8]
वाइज़[9] को रोज़े हश्र उम्मीदे नजात[10] है

बदनामियों के डर से अबस[11] तुम चले कि मैं
हूँ तैरा रोज़[12] मेरी सहर भी तो रात है

क्या माल हैं कि जान दे देते हैं दम[13] तुम्हें
अग़्यार बुलहवस[14] की यही काइनात है

---

1. बरबाद 2. सुख-चैन 3. आँखों की कोर से देखना 4. सन्देशवाहक शत्रु 5. प्रेम का बन्दी 6. दुःख का बन्धन 7. जीवन का बन्धन 8. बुरा-भला कहना 9. उपदेशक 10. छुटकारे की आशा 11. व्यर्थ 12. बुरे दिनों वाला 13. लालच 14. लालची प्रतिद्वन्द्वी।

59

पोंछने से हमदमो[1] दरिया है क्योंकर ख़ुश्क हो
सब के दामन तर हों, पर कब दीदा ए तर[2] ख़ुश्क हो

आह की गरमी से दुनिया में हो जो तर ख़ुश्क हो
नूह[3] का तूफ़ां भी हो, तो ख़ुश्क हो, पर ख़ुश्क हो

उफ़ रे सोज़े नाला[4] ओ वल्लाह रे सैलाबे अश्क[5]
उससे तर रू ए ज़मीं[6] उससे समन्दर ख़ुश्क हो

सोज़े दिल[7] आबे जिगर[8] लेने दे दम, तो कब तलक
तर रहें आँखें हमेशा और लब अक्सर ख़ुश्क हो

मौजज़न[9] है एक दरिया हाए जोशे अश्क है
आस्तीं[10] हो जाये तर, दामाने तर[11] गर ख़ुश्क हो

शम्अ सा[12] मैं सोज़े गिरिया[13] से सरापा[14] जल गया
है तअज्जुब गर शजर[15] पानी के अन्दर ख़ुश्क हो

---

1. साथियों 2. भीगी आँख 3. एक पैग़म्बर का नाम 4. क्रन्दन की जलन 5. आँसुओं की बाढ़ 6. पृथ्वी की आकृति 7. दिल की जलन 8. कलेजे का पानी 9. लहरें उठना 10. बाँह 11. भीगा वस्त्र 12. दीपक की भाँति 13. आँसुओं की जलन 14. सिर से पाँव तक 15. वृक्ष।

60

फिर सीना सोज़े[1] दाग़े ग़मे शोला फ़ाम[2] है
फिर गर्म जोशि ए दिल[3] ओ सौदा ए ख़ाम[4] है

जां लौटती है फिर कि वही ऐश हो नसीब
हम हैं, वो मस्त नाज़[5] है और दौरे जाम[6] है

जी चाहता है पूछे कोई क्या वो मर गया
फिर एक बात कहने में क़िस्सा तमाम है

फिर तल्ख़कामियों[7] ने किया जान ओ दिल से कूच
फिर आरज़ू ए बोसा[8] का लब पर मुक़ाम है

चिलमन से किस परी का नज़ारा[9] हुआ नसीब
फिर अपने तिनके चुनने की क्यों धूमधाम है

फिर किसने मुसकुरा के मुझे बेवफ़ा कहा
क्यों कह रहा हूँ बन्दा साहबे ग़ुलाम है

---

1. दिल जलाने वाला 2. आग के रंग-जैसी प्रेमिका के विरह का दुःख 3. हृदय का उत्साह 4. कच्चा सौदा 5. प्रेमिका 6. मदिरापान 7. असफलताएँ 8. चुम्बनों की इच्छा 9. दर्शन।

फिर किसने ग़ैर को न दिया नाज़ से जवाब
फिर ख़्वाहिशे पयामे अजल[10] का पयाम है

10. मृत्यु की इच्छा का सन्देश।

61

फ़ुग़ां[1] क्या दम भी लेना[2] पारा हाए दिल[3] उड़ाता है
कहूँ क्या दर्दे पिन्हां[4] की कलेजा मुँह को आता है

गिराये अश्क पुरतासीर[5] क्यों ख़िल्वत[6] में ऐ आँखों
कोई यूं ख़ाक में ऐसे गुहर[7] को भी मिलाता है

कभी की फिर गयीं आँखें फ़रिश्ते भी नज़र आये
तुम्हारा मुँह छिपाना देखिये क्या-क्या दिखाता है

न करनी थी नसीहत उसके बैठे पर क़यामत की
अजब फ़ित्ना[8] है नासेह भी कि ये फ़ित्ने उठाता है

ख़याले ख़्वाब राहत[9] है इलाज इस बदगुमानी[10] का
के क़ाफ़िर[11] गोर[12] में 'मोमिन' मेरा शाना[13] हिलाता है

---

1. रोना 2. चैन प्राप्त करना 3. दिल के टुकड़े 4. छिपा हुआ दर्द 5. पूरी तरह से प्रभावित 6. एकान्त 7. मोती 8. मुसीबत 9. आराम की नींद की कल्पना, 10. सन्देह 11. शत्रु 12. क़ब्र 13. कन्धा।

62

बस कि इक परदानशीं[1] से दिले बीमार लगा
जो मरीज़ों से छिपाते हैं वो आज़ार[2] लगा

जज़्बा ए दिल[3] को न छाती से लगाऊँ क्योंकर
आप वो मेरे गले दौड़ के इक बार लगा

शोख़[4] था रंगे हिना[5] मेरे लहू से सो है
क़त्ले अग़यार[6] से[2] क्या हाथ तेरे यार लगा

तू किसी का भी ख़रीदार नहीं, पर ज़ालिम
सरफ़रोशों[7] का तेरे कूचे में बाज़ार लगा

देख तो हसरते दीदार[8] पसे मुर्दन[9] भी
आँखें वो खोल के तकने दरो-दीवार[10] लगा

---

1. परदे में रहने वाली 2. परेशानी 3. दिल की भावना 4. चटकीला 5. मेहंदी का रंग 6. दूसरों की हत्या 7. सिर कटाने वाले 8. दर्शन की इच्छा 9. मरने के बाद 10. दरवाज़ा और दीवार।

63

बहरे-अयादत[1] आये वो, लेकिन क़ज़ा[2] के साथ
दम ही निकल गया मेरा आवाज़े पा के साथ

बेपरदा ग़ैर पास उसे बैठा न देखते
उठ जाते काश हम भी जहाँ से हया के साथ

वो लाला रू[3] गया न हो गुलगश्ते[4] बाग़ को
कुछ रंग बू ए गुल एवज़[5] है सबा के साथ

आती है बू ए दाग़ शबे तार[6] हिज में
सीना भी चाक हो न गया हो क़बा[7] के साथ

थे वादे से फिर आने के ख़ुश ये ख़बर न थी
हे अपनी ज़िन्दगानी उसी बेवफ़ा के साथ

अल्लाह री गुमरही[8] बुत ओ बुतख़ाना छोड़कर
'मोमिन' चला है का'बे को इक पारसा[9] के साथ

---

1. हाल पूछने के लिए 2. मृत्यु 3. लाला के फूल की भाँति 4. बाग़ की सैर 5. बदले में 6. अंधेरी रात के कष्टों की याद 7. कपड़ा 8. पथभ्रष्टता 9. साधु।

64

बीम बे दादो सितम[1] कुछ दिले मुज़्तर[2] में नहीं
यूं हूँ नालां[3] कि वो गोया[4] सफ़े महशर[5] में नहीं

ख़ार[6] बिस्तर पे शबे हिज्र[7] बिछाऊँ क्योंकर
दिल में तो है वो गुल अन्दाम[8] अगर बर[9] में नहीं

मुझसे मैकश[10] की तरफ़ मुहतसिब[11] आता है, तो आये
एक क़तरा भी सुबू ओ ख़ुम ओ साग़र[12] में नहीं

जी उठे और वही रंजे मुहब्बत के अज़ाब[13]
हम न मानेंगे कि ईज़ा[14] तेरी ठोकर में नहीं

क्या मुअस्सर[15] हो दुआ वस्ते सनम[16] की 'मोमिन'
हम तलब करते हैं वो शै[17] जो मुक़द्दर में नहीं

---

1. अन्याय और अत्याचार का भय 2. व्यथित हृदय 3. रोने वाला 4. जैसे कि 5. प्रलय के दिन 6. काँटा 7. विरह की रात 8. फूल-जैसे शरीर वाला 9. शरीर 10. शराबी 11. परहेज़ करने वाला 12. शराब का मटका और प्याला 13. कष्ट 14. कष्ट 15. प्रभावपूर्ण 16. प्रेमिका 17. वस्तु।

65

बेसब्र को कहाँ तपे दाग़े जिगर से फ़ैज़[1]
गुलचीं[2] को कब हुआ शजरे बारवर[3] से फ़ैज़

ज़ाहिद निगाह भर के वो बेदीद[4] देख ले
इतना हुआ न ख़िदमते अह्ले नज़र[5] से फ़ैज़

यादे ख़ते निगार[6] में हम ज़ह्र खा मुए[7]
क्या आब ज़िन्दगी का हुआ है ख़िज़्र[8] से फ़ैज़

मिन्नत में[9] गर करम[10] हो, तो मुफ़्लिस[11] भी है करीम
होता है साये का शजरे बेसमर[12] से फ़ैज़

मिलने को ख़ाक ही में बख़ीलों[13] का माल है
देखो तो, है किसी को भी ग़ुंचा के ज़र[14] से फ़ैज़

---

1. लाभ 2. फूल चुनने वाला 3. फलों से लदा हुआ वृक्ष 4. बेशर्म 5. बुद्धिमानों की सेवा 6. प्रेमिका के बालों की याद 7. मरे 8. एक पैग़ंबर का नाम 9. स्वभाव से 10. दया 11. निर्धन 12. बिना फल का वृक्ष 13. कंजूस 14. पराग।

66

मंज़ूरे नज़र ग़ैर सही, अब हमें क्या है
बेदीद, तेरी आँख से दिल पहले फिरा है

बस-बस न करो बात कि याद आये है मुझको
नासेह से जो कुछ बेख़ुदियों[1] में भी सुना है

किस तरह न उस शोख़ के रोने पे हँसूं मैं
नज़रों में मुरव्वत है, न आँखों में हया है

यारब[2] कोई माशूक़ ए दिल ए जू न मिले अब
जो उनकी दुआ है, वही अपनी भी दुआ है

तौबा गुनहे इश्क़[3] से फ़र्माये है वाइज़[4]
ये भी कहीं दिल दे के गुनहगार हुआ है

परहेज़ से उसके गयी बीमारी ए दिल आह
बेगानियों[5] में भी अजब रब्त[6] रहा है

1. मस्ती की हालत 2. है परमात्मा 3. प्रेम 4. उपदेशक 5. अपरिचित अवस्था 6. सम्बन्ध।

था महवे रुख़े यार[7] मैं क्या आईना देखूं
मालूम है यारो मुझे जो रंग मेरा है

चाहा करे दिल लाख न बोलूंगा जो हमदम[8]
वो मेरे मनाने को रक़ीबों से ख़फा[9] है

'मोमिन' न सही बोसा ए पा[10] सिज्दा करेंगे
वो बुत है जो औरों का, तो अपना भी ख़ुदा है

---

7. प्रेमिका का मुख देखने में व्यस्त। 8. मित्र 9. क्रुद्ध 10. पाँव का चुम्बन।

67

मजलिस[1] में ता न देख सकूं यार की तरफ़
देखे है मुझको देख के अग़यार[2] की तरफ़

कितना शुआ ए मेह्र[3] ने हैरां किया हमें
तकते हैं कब से रोज़ने दीवार[4] की तरफ़

वहमे फ़ुग़ाने ए ग़ैर[5] ने सीना जला दिया
आतिश[6] लगी थी कूचा ए दिलदार[7] की तरफ़

शामे फ़िराक़ ख़्वाबे अदम[8] का है इन्तिज़ार
आँखें लगी हैं दौलते बेदार[9] की तरफ़

उसने दिखा-दिखा के मुझे छेड़ देखना
गुल फेंके अन्दलीबे गिरिफ़्तार[10] की तरफ़

गुलबांग[11] नाला है ये नया गुल खिला मगर
गुजरी नसीम आह चमनज़ार[12] की तरफ़

---

1. सभा 2. रक़ीब 3. सूरज की किरणें 4. दीवार की खिड़की 5. दूसरों के रोने का भ्रम 6. आग 7. प्रेमिका की गली 8. परलोक की कल्पना 9. जागी हुई दौलतें 10. फंसी हुई बुलबुल 11. बुलबुल का चहचहाना 12. बाग़।

अब रश्के ज़ख़्मे यार[13] पे मुंसिफ़ करें किसे
की आ के मौत ने भी तो अग़्यार की तरफ़

दिल बादे क़त्ल भी नहीं फिरता कि गोर[14] में
मुँह फिर गया है कू ए सितमगार की तरफ़

---

13. प्रेमिका द्वारा दिये गये घाव 14. क़ब्र।

68

मत कह शबे विसाल कि ठण्डा न कर चिराग़
ज़ालिम जला है मेरी तरह उम्र-भर चिराग़

वह सोख़्ता जिगर[1] हूँ कि पैमाना ओ सुबू[2]
बनते नहीं हैं ख़ाक से मेरी मगर चिराग़

ज़ुल्फ़ें उठाओ रुख़ से कि दिल की जलन मिटे
बुझ जाये है जहान[3] में वक़्ते सहर[4] चिराग़

उस महरवश[5] के जल्वा के क़ुर्बान क्यों न हों
परवाने को भी रात न आया नज़र चिराग़

हमपेशा[6] के है सामने अर्ज़े हुनर[7] ज़रूर
जलता है मेरे घर में बतर्ज़े दिगर[8] चिराग़

क्या ख़ूब रौशनी है कि चेहरे की ताब[9] से
है दाग़ बुलहवस[10] तेरी महफ़िल में हर चिराग़

---

1. दिलजला 2. प्याला और पड़ा 3. संसार 4. प्रातःकाल के समय 5. प्रेमिका 6. एक ही काम करने वाले 7. गुण जताना 8. दूसरे ढंग से 9. चमक 10. कामी व्यक्ति के घाव।

है शामे इन्तिज़ार तमाशा ए सोख़्तन[11]
जलते हैं ता सुब्ह[12] इधर हम, उधर चिराग़

उस शोला रू ने ताकि पसे मर्ग[13] भी जलूं
जलवाए दुश्मनों से मेरी गोर[14] पर चिराग़

11. जलने का तमाशा 12. सुबह तक 13. मरने के बाद 14. क़ब्र।

69

मर्द इश्क़े सतीज़कार[1] है दिल
मलकुल मौत[2] से दो-चार है दिल

बस कि मुश्ताक़े[3] नाज़े यार[4] है दिल
सितम आमोज़ रोज़गार[5] है दिल

ज़ुल्फ़े मुश्कीं[6] में काहे को रखते
क्या ख़बर थी उन्हें फ़िग़ार[7] है दिल

वस्ते जाना कहाँ सिवा ए ख़याल
हम हैं मायूस[8] उम्मीदवार है दिल

देख इफ़राते-ज़ख़्म[9] ओ कसरते दाग़[10]
सीना गुलज़ार ओ लालाज़ार[11] है दिल

बस कि थे हमज़बां गली[12] में तेरे
दिल से मैं मुझसे शर्मसार[13] है दिल

---

1. प्रेम का शत्रु 2. यमदूत 3. उत्सुक 4. प्रेमिका के नख़रे 5. संसार को अत्याचार सिखाने वाला 6. सुगन्धित बाल घायल 8. निराश 9. ज्यादा 10. दोष की अधिकता और कष्ट 11. उपवन और बाग़ीचा 12. शिकायतें 13. लज्जित।

बे दवा दर्द ओ बेवफ़ा है वो शोख़
बे असर आह ओ बेक़रार है दिल

70

मश्वरा[1] क्या कीजे चर्ख़े पीर[2] से
दिन नहीं फिरते किसी तद्बीर से

किस तरह मायूस हूँ तासीर से
दम रुके है नाला ए शबगीर[3] से

मेरी वहशत[4] के लिए सहरा ए क़ैस[5]
तंगतर[6] है ख़ाना ए ज़ंजीर[7] से

क्यों न टपके आब[8] जब टपके लहू
बर्क़[9] कटती है तेरी शमशीर से

यूं बनाकर हाले दिल कहना न था
बात बिगड़ी मेरी ही तक़रीर से

ऊंगलियों में ख़ामा[10] जमकर रह गया
नामा हाए शौक़[11] की तहरीर से

---

1. सलाह 2. बूढ़ा आसमान 3. आधी रात का रुदन 4. पागलपन 5. क़ैस का जंगल 6. बहुत संकरा 7. ज़ंजीर की लड़ियाँ 8. पानी 9. बिजली 10. क़लम 11. प्रेमपत्र।

क़हर[12] है फिरना निगाहे यार का
अलअमान[13] इस बाज़गश्ती[14] तीर से

ले गयी जाँ याद रौनक हाए वस्ल[15]
घर मेरा वीरां हुआ तामीर[16] से

ऐ सनम 'मोमिन' हूँ आख़िर किस तरह
मुझको तस्कीं हो तेरी तस्वीर से

---

12. प्रलय 13. परमात्मा बचाये 14. लौटकर आने वाला। 15. मिलन की रंगीनियों की याद 16. निर्माण।

71

महफ़िल फ़रोज़[1] थी तब ओ ताबे निहां[2] शमा
परवाना जल गया कि नहीं राज़दां शमा

ऐ सोज़े गिरिया[3] आगे तेरी आब ओ ताब[4] के
पानी भरे है जल्वा ए आतिशफ़िशां शमा[5]

सुहबत में एक रात की क्या महू[6] हो गयी
उस बज़्म में सहर को न पाया निशां शमा

पहुँचे तेरी नज़ाकत ओ गरमी को क्या मज़ाल
हरचन्द मोम ए जिस्म है और शोलए-जां[7] शमा

हैरत फ़ज़ा है हुस्न बहुत क्या अजब[8] अगर
थम जाये तेरी बज़्म में अश्के रवां शमा[9]

गर देख ले रुख़े अर्क आलूदा[10] को तेरे
पुल जाये सोज़े रश्क[11] से तो उस्तख़्वां[12] शमा

---

1. सभा को जलाने वाली 2. छिपी हुई शक्ति और गरमी 3. आँसुओं की जलन 4. शान-शौक़त 5. आग बरसाने वाली शमा की चमक 6. व्यस्त 7. आग-जैसे प्राण 8. आश्चर्य 9. शमा के बहते हुए आँसू 10. पसीने ने भरा चेहरा 11. जलन की गरमी 12. हड्डी।

72

माने ने माने मना तपिश हाए दिल करूं
मैं ग़ैर तो नहीं कि तमाशाए दिल करूं

जाँ दे दूं, है उस आफ़ते जां से मुआमला
बस कब तक इन्तिज़ार तक़ाज़ाए दिल[1] करूं

क्योंकर फिरे दिल उससे कहीं क़र्ज ओ आरियत[2]
नासेह दिया न था कि मैं दावाए दिल करूं

मैं और वो कूचा[3] ले गया किस जाए[4] ज़ुल्म है
इस पर भी गर शिकायते बेजाए दिल[5] करूं

छुटता है जीते जी कोई ज़ंजीरे ज़ुल्फ़ से
दीवाना हूँ कि चारा ए सौदाए दिल[6] करूं

धब्बा लगा है शौक़े सियहकार ज़ुल्फ़[7] का
अल्लाह क्या इलाज सुवैदाए दिल[8] करूं

---

1. दिल की मांगें 2. उभार 3. गली 4. जगह 5. दिल की अनुचित शिकायत 6. दिल के पागलपन का इलाज 7. काले बालों का प्रेम 8. दिल का काला धब्बा।

कहिये जो दर्दे दिल, तो वो कहता है मुझको क्या
मैं क्या तबीब[9] हूँ कि मुदावाए दिल[10] करूं

उस बुत[11] का तर्के दीं[12] से नहीं 'मोमिन' एतमाद[13]
क्योंकर न मैं शिकायते इग़वाए दिल[14] करूं

---

9. चिकित्सक 10. दिल का इलाज 11. प्रेमिका 12. धर्म को छोड़ना 13. भरोसा 14. मन को बहकाना।

73

मुझको तेरे अताब[1] ने मारा
या मेरे इज़्तिराब[2] ने मारा

क्या पसन्द आयी अपनी जौरकशी[3]
चर्ख़ के इन्तिख़ाब[4] ने मारा

ख़ाक उटठेगी ख़ाक से जो यूं ही
तर्के[5] आराम ओ ख़्वाब ने मारा

किस पे मरते हो आप पूछते हैं
मुझे फ़िक्रे जवाब ने मारा

यूं कभी नौजवां न मरता मैं
तेरे अह्दे शबाब[6] ने मारा

'मोमिन' अज़ बस[7] हैं बेशुमार[8] गुनाह
ग़मे रोज़े हिसाब[9] ने मारा

---

1. क्रोध 2. बेचैनी 3. अत्याचार सहना 4. चुनाव 5. छोड़ना 6. युवावस्था 7. अधिक 8. अनगिनत 9. प्रलय का दिन।

74

मुझ पे तूफ़ां उठाये लोगों ने
मुफ़्त बैठे-बिठाये लोगों ने

कर दिये अपने आने-जाने के
तज़्किरे[1] जाए-जाए[2] लोगों ने

वस्ल की बात कब बन आयी थी
दिल से दफ़्तर बनाये लोगों ने

बात अपनी वहाँ न जमने दी
अपने नक़्शे जमाये लोगों ने

सुन के उड़ती-सी अपनी चाहत की
दोनों के होश उड़ाये लोगों ने

बिन कहे राज़[3] हाए पिनहानी[4]
उसे क्योंकर सुनाये लोगों ने

क्या तामाशा है जो न देखे थे
वो तमाशे दिखाये लोगों ने

---

1. चर्चे 2. जगह-जगह 3. भेद 4. छुपे हुए।

75

मुझे चुप लगी मुद्दआ[1] कहते-कहते
रुके हैं वो क्या जाने क्या कहते-कहते

ज़बां गुंग[2] है इश्क़ में गोश[3] कर[4]
बुरा सुनते-सुनते भला कहते-कहते

शबे हिज्र में क्या हुजूमे बला[5] है
ज़बां थक गयी मरहबा[6] कहते-कहते

गिला हर्ज़ागर्दी[7] का बेजा न था कुछ
वो क्यों मुस्कुराये बजा कहते-कहते

सद अफ़सोस[8] जाती रही वस्ल की शब
ज़रा ठहरा ऐ बेवफ़ा कहते-कहते

चले तुम कहाँ मैंने तो दम लिया
फ़साना दिले ज़ार[9] का कहते-कहते

---

1. अभिप्राय 2. गूंगी 3. कान 4. बहरे 5. अनेक मुसीबतें 6. वाह-वाह 7. व्यर्थ घूमने-फिरने की शिकायत 8. अत्यधिक दुःख 9. दुखी दिल की कहानी।

बुरा हो तेरा महरमे राज़[10] तूने
किया उनको रुस्वा[11] बुरा कहते-कहते

सितमहाए गरदूं[12] मुफ़स्सिल[13] न पूछो
कि सर फिर गया माज़रा[14] कहते-कहते

---

10. भेद जानने वाला 11. क्रुद्ध 12. आकाश के अत्याचार 13. विवरण सहित 14. हाल।

76

मुझे याद आ गयी बस यूं ही उसके खद ओ क़ामत[1] की
चमन में देखकर कल सर्व[2] मैंने क्या क़यामत की

दिया ज़ालिम को दिल, जां ग़ैर को, आराम वहशत को
किसी का शिकवा क्या कीजै, ये ख़ूबी अपनी क़िस्मत की

सितमपेशा[3] है, बदख़ू[4] है, सितमगर है, जफ़ाजू[5] है
करूं क्या-क्या शिकायत दोस्तो उस बेमुरव्वत[6] की

जफ़ा का शिकवा अब क्यों, जो किया अच्छा किया उसने
सज़ा है ऐ दिले नादां, उस उल्फ़त, उस मुहब्बत की

---

1. आकार और ऊँचाई 2. एक लम्बा वृक्ष 3. अत्याचारी 4. बुरी आदतों वाला 5. नये-नये अत्याचार तलाश करने वाला 6. जिसे थार न हो।

77

मैं अगर आपे से जाऊँ[1] तो क़रार आ जाये
पर ये डरता हूँ कि ऐसा न हो यार आ जाये

कर ज़रा और भी ऐ जोशे जुनूं[2] ख़्वार ओ ज़लील[3]
मुझसे ऐसा हो कि नासेह को भी आर[4] आ जाये

नाम बदबख़्ति ए उश्शाक़[5] ख़िजां[6] है बुलबुल
तू अगर निकले चमन से, तो बहार आ जाये

जीते जी ग़ैर को हो आतिशे दोज़ख़[7] का अज़ाब[8]
गर मेरी नाश पे वो शोला अज़ार[9] आ जाये

कुफ़्तते हिज्र[10] को क्या रोऊँ तेरे सामने मैं
दिल जो ख़ाली हो, तो आँखों में ग़ुबार आ जाये

महवे दिलदार[11] हूँ किस तरह न हों दुश्मने जां[12]
मुझपे जब नासेह बेदर्द[13] को प्यार आ जाये

1. बेहोश हो जाना 2. अत्यधिक पागलपन 3. तुच्छ और अपमानित 4. शर्म 5. प्रेमियों का दुर्भाग्य 6. पतझड़ 7. नरक की आग 8. कष्ट 9. लाल-लाल गालों वाली प्रेमिका 10. विरह का दुःख 11. प्रेमिका में व्यस्त 12. जान का दुश्मन 13. निष्ठुर उपदेशक।

ठहर जा जोशे तपिश है तो तड़पना, लेकिन
चारासाज़ों[14] में ज़रा दमे दिलदार आ जाये

14. चिकित्सक।

78

मैंने तुमको दिल दिया तुमने मुझे रुस्वा[1] किया
मैंने तुमसे क्या किया और तुमने मुझसे क्या किया

कुश्ता ए नाज़े बुतां[2] रोज़े अज़ल[3] से हूँ मुझे
जान खोने के लिए अल्लाह ने पैदा किया

रोज़ कहता था-कहीं मरता नहीं-हम मर गये
अब तो ख़ुश हो बेवफ़ा तेरा ही ले कहना किया

सर से शोले उठते हैं, आँखों से दर्या जाए है
शम्आ से ये किसने ज़िक्र उस महफ़िले आरा[4] का किया

रोइये क्या बख़्ते खुफ़्ता[5] को कि आधी रात से
मैं यहाँ रोया किया और वो वहीं सोया किया

आँख आशिक़ की कोई फिरती है ऐ वादा खिलाफ़[6]
देख ले मैं मरते-मरते रू ए दर[7] देखा किया

---

1. अपमानित 2. सुन्दरियों के हाव-भाव द्वारा भस्म 3. सृष्टि के आदि से 4. सभा की सजावट 5. रूठा हुआ भाग्य 6. वचन तोड़ने वाला 7. दरवाज़े की ओर।

क्या ख़जल[8] हूँ अब इलाजे बेक़रारी क्या करूं
धर दिया हाथ उसने दिल पर तो भी दिल धड़का किया

8. लज्जित।

79

ये जो तू ऐ मेहरवश[1] था जल्वागुस्तर[2] रात को
छा रही थी क्या हवाई मह[3] के ऊपर रात को

सरसरे[4] आह ओ फुगाँ शोला ज़न[5] तूफ़ाने अश्क[6]
जमा[7] सामाने ख़राबी[8] था मेरे घर रात को

बज़्म दुश्मन में न हो वो नग़मा[9] गर आती रही
हर फ़ुग़ां के साथ लब पर जान मुज़्तर[10] रात को

रोज़े हिज्रां शबे फर्क़त न हो क्यों सख़्ततर[11]
गाहे-गाहे[11] दिन को मिलते थे वो अक्सर रात को

रश्क से जलता हूँ रोज़ ऐ शम्आ बारे आम[13] में
दिन को है मुझ पर वही सदमा जो तुझ पर रात को

क्या कहूँ तुम जो न आये क्या क़यामत आ गयी
मेहमां था मेरे ही घर में रोज़े महशर[14] रात को

---

1. तेजस्वी प्रेमिका 2. विराजमान 3. चाँद 4. हवा 5. आग लगाने वाली 6. आँसुओं की बाढ़ 7. एकत्रित 8. बरबादी के लक्षण 9. राग 10. कष्ट में पड़े हुए 11. अधिक कठिन 12. कभी-कभी 13. स्पष्ट रूप से 14. प्रलय का दिन।

80

यूं है शुआ ए दाग़[1] मेरे दिल के आसपास
हाला[2] हो जिस तरह महे कामिल[3] के आसपास

डूबा जो कोई आह किनारे पे आ गया
तुग़यान बहे इश्क़[4] है साहिल के आसपास

ये ग़ैरते वफ़ा[5] का असर है कि बुलहवस[6]
बिस्मिल[7] तडपते हैं तेरे बिस्मिल के आसपास

क्या-क्या जली है बज़्म में तुझसे न जब फिरे
परवाने-शमा शोला-शमायल[8] के आसपास

है तू ही बेवफ़ा नहीं बावर[9] तो देख ले
गुल जामा-दर[10] हैं गोरे अनादिल[11] के आसपास

काफ़िर[12] है कौन हम में से 'मोमिन' फिरे है तू
काचे के आसपास, तो मैं दिल के आसपास

---

1. दाग़ की लपटें 2. प्रकाश चक्र 3. पूर्ण चन्द्रमा 4. प्रेम के समुद्र की बाढ़ 5. निष्ठा की लाज 6. वासना के कीड़े 7. घायल 8. जिसका रूप आग की लपटों की भाँति हो 9. विश्वास 10. कपड़े पहने हुए 11. बुलबुल की क़ब्र 12. धर्म के शत्रु।

81

रोया करेंगे आप भी पहरों इसी तरह
अटका कहीं जो आपका दिल भी मेरी तरह

मर चुक कहें कि तू ग़मे हिज्रां से छूट जाये
कहते तो हैं भले की व, लेकिन बुरी तरह

नै ताब[1] हिज्र में है, न आराम वस्ल में
कम्बख़्त दिल को चैन नहीं है किसी तरह

लगती हैं गालियाँ भी तेरे मुँह से क्या भली
क़ुर्बान तेरे फिर मुझे कह ले उसी तरह

पामाल[2] हम न होते फ़क़त[3] जौरे चर्ख़[4] से
आयी हमारी जान पे आफ़त कई तरह

माशूक़ और भी हैं बता दे जहान में
करता है कौन ज़ुल्म किसी पर तेरी तरह

हूँ जी बलब[5] बुताने सितमगर[6] के हाथ से
क्या सब जहाँ में जीते हैं 'मोमिन' इसी तरह

---

1. शक्ति 2. नष्ट होना 3. केवल 4. आसमान का अत्याचार 5. मरने के निकट 6. निष्ठुर प्रेमिकाएं।

82

लगायी आह ने पैरों के पर आग
हुए क्या-क्या वो इतनी बात पर आग

वफ़ूरे अश्क[1] ओ तुग़याने फ़ुग़ां[2] हैं
किधर जाऊँ इधर पानी, उधर आग

जलाया आतिशे हिज्रां[3] ने दिल को
तेरे घर में लगी ऐ बेख़बर आग

वहाँ ताबे रुख़[4] व या आतिशे दिल[5]
जिधर देखो उधर है जल्वागर[6] आग

बुझा उठता है दिल से वक़्ते गिरिया[7]
बुझा दी तूने क्या ऐ चश्मेतर[8] आग

---

1. आँसुओं की अधिकता 2. बहुत अधिक रोना 3. विरह की आग 4. मुख की चमक 5. हृदय की आग 6. विराजमान 7. रोते समय 8. भीगी आँख।

83

लाश पर आने को शोहरत शबे ग़म[1] देते हैं
ऐ परी! हम मलिकुल मौत[2] को दम[3] देते हैं

कर दिया ख़ाना ए अग़्यार हदसनाक[4] ख़राब
दाद[5] रोने की मेरे दीदा ए नम[6] देते हैं

दम न ले ऐ असरे आह[7] कि मालूम हुआ
जिन पे दम देते हैं हम, वो हमें दम देते हैं

क्या दवा से हो तेरी रंजिशे हरदम[8] का इलाज
चारागर[9] क्यों मुझे रंजे पैहम[10] देते हैं

क्या पड़ी रहती है ऐ परदानशीं जूं बीमार
बददुआएं तेरे चिलमन को जो हम देते हैं

लज़्ज़ते ज़ोरकशी[11] ने मुझे शरमिन्दा किया
ताने क्या-क्या उसे अर्बाबे सितम[12] देते हैं

---

1. दुःख की रात 2. यमदूत 3. लालच देना 4. कामुक शत्रुओं के घर 5. प्रशंसा 6. भीगी आँखें 7. आह का असर 8. हर समय का कुढ़ना 9. चिकित्सक 10. निरन्तर दुःख 11. अत्याचार सहने का स्वाद 12. अत्याचारी।

अह्ले बाज़ार मुहब्बत का भी क्या सौदा है
इशरते उम्रे अबद[13] क़ीमते ग़म देते हैं

13. सम्पूर्ण जीवन की प्रसन्नता।

84

वस्ल की शब शाम से मैं सो गया
जागना हिज्रां का बला हो गया

दिल न फिरा जान ही ठहरे ख़ुदा
ये तो न जाये कहीं, वो तो गया

आईना जल्दी से पटक दो कहीं
दिल है कि नहीं हाथ से देखो गया

ताला ए बरगश्ता मेरे क्या फिरें
मुल्के अदम से न फिरा जो गया

साथ न चलने का बहाना तो देख
आ के मेरी नाश पे वो रो गया

शोख़िए क़ातिल के मैं क़ुर्बान हूँ
कहते रहे सब ये गया वो गया

हाय सनम हाय सनम लब पे क्यों
ख़ैर है 'मोमिन' तुम्हें क्या हो गया

85

वादा ए विसलत[1] से दिल हो शाद क्या
तुमसे दुश्मन को मुबारकबाद क्या

कुछ ख़शो में इन दिनों लगता है जी
आशियां अपना हुआ बरबाद क्या

हैं असीर[2] उसके जो है अपना असीर
हम न समझे सैद[3] क्या, सैयाद[4] क्या

जब मुझे रंजे दिल आज़ारी[5] न हो
बेवफ़ा फिर हासिले बेदाद[6] क्या

क्या करूं अल्लाह सब हैं बेअसर
वलवला[7] क्या, नाला[8] क्या, फ़रियाद क्या

इन नसीबों पर किया अख़्तर शनास[9]
आसमां भी है सितमईजाद[10] क्या

1. मिलन का वादा 2. बन्दी 3. शिकार 4. शिकारी 5. दिल दुखाना 6. अत्याचार से लाभ 7. जोश 8. रोना 9. ज्योतिषी 10. अत्याचारी।

86

वो चला, जान चली, दोनों यहाँ से खिसके
उसको थामूं कि उसे पाँव पड़ू किस-किसके

पाँव तुर्बत[1] पे मेरी देख संभलकर रखना
चूर है शीशा ए दिल संगे सितम[2] से पिस के

किस परी रू ए सितमगर[3] से मिला दिल अफ़सोस
किस पे दीवाना हुआ होश गये हैं इसके

बख़्त परवाना[4] से क़ुर्बान[5] अदू हों यानी
आग बन जाये है वो, गिर्द[6] फिरूं मैं जिसके

नाला ए रश्क[7] न हो बाइसे दर्द सरे मर्ग[8]
सैर के सर पे लगाता है वो सन्दल घिस के

लज़्ज़ते मर्ग[9] से हिज्रां में दुआ है कि ख़ुदा
ये मज़ा हो न नसीबों में किसी अनजिस[10] के

---

1. क़ब्र 2. अत्याचार का पत्थर 3. परी-जैसी अत्याचारी प्रेमिका 4. पतंगे का भाग्य 5. न्योछावर 6. चारों ओर 7. ईर्ष्या के कारण रोना 8. मौत की चिन्ता का कारण 9. मरने की ख़ुशी 10. बेशर्म।

क्यों न हम शम्आ के मानिन्द जलें दूर खड़े
जब अदू[11] बाइसे गरमी[12] हों तेरी मजलिस के

11. शत्रु 12. चहल-पहल का कारण।

87

वो जो हम में तुम में क़रार था, तुम्हें याद हो कि न याद हो
वही यानी वादा निबाह का, तुम्हें याद हो कि न याद हो

वो जो लुत्फ़[1] मुझ पे थे बेश्तर[2] वो करम[3] कि था मेरे हाल पर
मुझे सब है याद ज़रा-ज़रा, तुम्हें याद हो कि न याद हो

वो नये गिले, वो शिकायतें, वो मज़े-मज़े की हिकायतें[4]
वो हर एक बात पे रूठना, तुम्हें याद हो कि न याद हो

कभी बैठे सब में जो रू ब रू[5] तो इशारतों ही में गुफ़्तगू[6]
वो बयान शौक़ का बरमला[7] तुम्हें याद हो कि न याद हो

---

1. कृपा 2. पहले 3. कृपा 4. आमने-सामने 5. बातचीत 6. सबके सामने खुल्लमखुल्ला

88

वो हँसे सुन के नाला[1] बुलबुल का
मुझे रोना है ख़न्द ए गुल[2] का

लाश किसकी है ये अदू[3] से न पूछ
मैं हूँ कुश्ता[4] तेरे तजाहुल[5] का

हाल साक़ी[6] से कह के रोता हूँ
कि मुहर्रिक[7] है ख़न्दा कुलकुल[8] का

नकहत[9] उस ज़ुल्फ़[10] की सबा[11] में न हो
उड़ गया रंग बू ए सुम्बुल[12] का

जल्वा[13] दिखलाये ना[14] वो पर्दानशीं
मैंने दावा किया तहम्मुल[15] का

नाला ए शब ने ये हवा बांधी
हो गया गुल चिराग़ बुलबुल का

---

1. कराह 2. फूल की हँसी 3. विपक्षी 4. मरा हुआ 5. अज्ञान 6. मधुबाला 7. प्रेरक 8. कुलकुल की आवाज़ जो बोतल से शराब उड़ेलते समय होती है 9. सुगन्ध 10. केश 11. हवा 12. फूल की सुगन्ध 13. रूप 14. जब तक 15. सहनशीलता।

89

शब[1] ग़मे फर्कत[2] हमें क्या-क्या मज़े दिखलाये था
दम[3] रुके था सीने में कम्बख़्त जी घबराये था

या तो दम[4] देता था वो या नामाबर[5] बहकाये था
थे ग़लत पैग़ाम[6] सारे कौन यां[7] तक आये था

कोई दिन तो उस पे क्या तस्वीर का आलम[8] रहा
हर कोई हैरत[9] का पुतला देखकर बन जाये था

सू ए सहरा[10] ले चले उस कू[11] से मेरी नाश हाय
था यही डर उन दिनों तलवा मेरा खुजलाये था

---

1. रात 2. वियोग का दुःख 3. साँस 4. धोखा 5. पत्रवाहक 6. सन्देश 7. यहाँ स्थिति 9. आश्चर्य 10. जंगल की ओर 11. गली।

90

शब तुम जो बज़्मे ग़ैर में आँखें चुरा गये
खोये गये हम ऐसे कि अग़्यार पा गये

पूछा किसी पे मरते हो और दम निकल गया
हम जान से अना[1] ब अनाने सदा गये

उल्ला न जोफ़[2] से गुले दाग़े जुनूं[3] का बोझ
क़ारूं[4] की तरह हम भी ज़मीं में समा गये

ताबन्दा[5] ओ जवान तो बख़्त ए रक़ीब[6] थे
हम तीरा रोज़[7] क्यों समे हिज्रां[8] को भा गये

वाइज़[9] के ज़िक्र मेहे क़यामत[10] को क्या कहूँ
आलम शबे विसाल[11] के आँखों में छा गये

ऐ 'मोमिन' आप कब से हुए बन्दा ए बुतां[12]
बारे[13] हमारे दीन[14] में हज़रत भी आ गये

---

1. कष्ट 2. कमज़ोरी 3. पागलपन का फूलरूपी दाग़ 4. एक धनवान् व्यक्ति का नाम 5. चमकते हुए 6. शत्रुओं के भाग्य 7. अभागे 8. विरह का दुःख 9. उपदेशक 10. प्रलय के दिन का सूरज 11. मिलन-रात्रि का वातावरण 12. प्रेमिकाओं के सेवक 13. अन्त में 14. धर्म।

91

शब जो वो सो रहे मेरे पास आके ख़्वाब में
जागे थे बख़्त खुफ़्ता तमन्ना[1] के ख़्वाब में

आँखों को बन्द करके वहीं खोल दे गर आये
यूसफ़ु किसी के मह्वे तमाशा[2] के ख़्वाब में

काबूस[3] हैं बताते मुझे वां तो रश्क है
काश और कोई आये अतिब्बा[4] के ख़्वाब में

वो है बग़ल में तो भी तो यां नींद उड़ गयी
ये सोच है गया न हो आदा[5] के ख़्वाब में

इन नाला हाए शब[6] का असर सुबह देखियो
आया ख़लल[7] गर उस सितमआरा[8] के ख़्वाब में

नैरंग इश्क़[9] से न हो ग़ाफ़िल है एक रंग
इस दिल के जागने में जुलैख़ा[10] के ख़्वाब में

---

1. सोई हुई इच्छाओं के भाग्य 2. देखने में व्यस्त 3. एक भयंकर बीमारी 4. चिकित्सक 5. शत्रु 6. रात के क्रन्दन 7. विघ्न 8. अत्याचारी 9. प्रेम की अनेकता 10. एक प्रेमिका का नाम।

रहता है ध्यान देखते हो जब मुझे नहीं
क्यों चौंक-चौंक पड़ते हो घबरा के ख़्वाब में

उसकी गली है नाला ए ज़ंजीर[11] गुल[12] न कर
या पाँव जागते हैं कोई जा के ख़्वाब में

---

11. ज़ंजीर का शोर 12. शोर-शराबा।

92

सद हैफ़ सीना सोज़े फ़ुग़ां कारगर न हो
यां जान पर बने, तेरे दिल पर असर न हो

हूँ ख़ानमां ख़राब[1] सितम से ज़्यादातर
ऐसा न हो कि अब भी तेरे दिल में घर न हो

ऐ गर्दिशे ज़माना[2] कभी तो तग़य्युर[3] आये
हसरत मुझे क़बूल अगर इस क़दर न हो

सौदा[4] है मुझको गर्मि ए बाज़ारे इश्क़[5] का
इसका कहाँ ख़याल कि अपना ज़रर[6] न हो

हिज़्नो मलाल[7] में है दिले आज़ुर्दगी[8] का वहम[9]
केसी बुरी बने जो गिला बेअसर न हो

हैं आरज़ू से मर्ग[10] की बे इल्तिफ़ातियां[11]
जीना मेरा मुहाल तू दुश्मन अगर न हो

---

1. बुरी दशा में 2. कालचक्र 3. परिवर्तन 4. पागलपन 5. प्रेम का उत्साह 6. हानि 7. दुःख-दर्द 8. दिल तोड़ना 9. भ्रम 10. मौत 11. लापरवाही।

सोते से उठकर आये हैं यारब न जायें वो
शर्मिन्दा आहे शब[12] से दुआ ए सहर[13] न हो

'मोमिन' हुआ रक़ीब[14] हज़राए[15] ऐ सनमपरस्त[16]
ऐसे से डरिये, जिससे ख़ुदा का भी डर न हो

---

12. रात की व्यथा 13. प्रातःकाल की प्रार्थना 14. प्रतिद्वन्द्वी 15. परहेज़ करना 16. प्रेमी।

93

सब्रे वहशत असर न हो जाये
कहीं सहरा भी घर न हो जाये

हिज्रे परदानशीं[1] में मरते है
ज़िन्दगी परदादर[2] न हो जाये

कसरते सिज्दा[3] से वो नक़्शे क़दम[4]
कहीं पामाल सर[5] न हो जाये

तू तग़य्युरे रंग[6] को मत देख
तुझको अपनी नज़र न हो जाये

मेरे आँसू न पोंछना देखो
कहीं दामां ये तर[7] न हो जाये

बात नासेह से करते डरता हूँ
कि फ़ुग़ां[8] बेअसर न हो जाये

---

1. परदे में रहने वाली का विरह 2. परदा फाड़ने वाली 3. अधिक सिर झुकाना 4. पैरों के चिन्ह 5. सिर के द्वारा बरबाद होना 6. रंग बदलना 7. अपराधी होना 8. रोना।

ऐ क़यामत न आइयो जब तक
वो मेरी गोर पर न हो जाये

ग़ैर से बेहिजाब मिलते हो
शबे आशिक़[9] सहर[10] न हो जाये

ऐ दिल आहिस्ता आह ताबे शिकन[11]
देख टुकड़े जिगर न हो जाये

---

9. प्रेमी की रात 10. प्रातःकाल 11. शक्ति नष्ट करने वाली आह।

94

सौदा था बलाये जोश पर रात
बिस्तर पर बिछाये निश्तर रात

अफ़साना[1] समझ के सो गये वो
काम आयी फ़ुग़ाने बेअसर[2] रात

तारे आँखें झपक रहे थे
था बाम पे कौन जल्वागर[3] रात

क्या पूछो हो मुनकिर ओ नकीर[4] आह
बिगड़े जो वो ताने ग़ैर पर रात

ये बात बड़ी कि मर गये हम
मौत आयी थी क़िस्सा मुख़्तसर[5] रात

उस पर में हे ऐशे ख़ुल्म[6] 'मोमिन'
क्या जाने कहाँ है दिन, किधर रात

---

1. कहानी 2. प्रभावहीन रोना 3. विराजमान 4. दो फ़रिश्तों के नाम 5. संक्षेप में 6. स्वर्ग का आनन्द।

95

हम समझते हैं आज़माने को
उज़्र[1] कुछ चाहिए सताने को

सुबहे इशरत[2] है, न वो शामे विसाल[3]
हाय क्या हो गया ज़माने को

बुलहवस[4] रोये मेरे गिरिया[5] पे अब
मुँह कहाँ तेरे मुस्कुराने को

बर्क़[6] का आसमान पर है दिमाग़
फूंककर मेरे आशियाने को

रोज़े महशर[7] भी होश गर आया
जायेंगे हम शराबख़ाने को

कोई दिन हम जहाँ में बैठे हैं
आसमां के सितम उठाने को

चल के काबे में सिज्दा कर 'मोमिन'
छोड़ उस बुत[8] के आस्ताने[9] को

1. बहाना 2. सुख का प्रातःकाल 3. मिलन की शाम 4. वासना का कीड़ा 5. आँसू 6. बिजली 7. प्रलय का दिन 8. प्रेमिका 9. चौखट।

96

हर ग़ुंचा-लब[1] से इश्क़ का इज़हार[2] है ग़लत
इस मुबहिसे सहीह[3] की तक़रार[4] है ग़लत

कहना पड़ा दुरुस्त कि इतना रहे लिहाज़
हरचन्द[5] वस्ले ग़ैर[6] का इनकार है ग़लत

करते हैं मुझसे दावा ए उल्फ़त[7] वो क्या करें
क्योंकर कहें मक़ूला ए अग़्यार[8] है ग़लत

ये गरमजोशियां[9] तेरी गो[10] दिल से हों वले[11]
तासीर नाला हाए शररबार[12] है ग़लत

करते हो मुझसे नाज़ की बातें तुम इस तरह
गोया कि क़ौल महरमे असरार[13] है ग़लत

उठ जा कहाँ तलक कोई बातें उठायेगा
नासेह तू ख़ुद ग़लत, तेरी गुफ़्तार है ग़लत

---

1. कली-जैसे होठों वाली 2. स्पष्टीकरण 3. उचित वाद-विवाद 4. लड़ाई 5. यद्यपि 6. दूसरों का मिलन 7. प्रेम की माँग 8. ग़ैरों का कहना 9. उत्साह 10. यद्यपि 11. लेकिन 12. आग बरसाने वाला क्रन्दन 13. भेद छिपाने वालों की वास्तविकता।

था रब्ते ग़ैर[14] में मेरे मरने का इन्तज़ार
है शोख़ बेवफ़ा तू वफ़ादार है ग़लत

---

14. दूसरों से सम्बन्ध।

97

हरदम रहीने कशमकशे दस्ते यार हैं
चिलमन के बन्द किसके गरेबां के तार हैं

क्या कीजिये कि ताक़ते नज़्ज़ारा[1] ही नहीं
जितने वो बेहिजाब[2] हैं, हम शर्मसार[3] हैं

उम्रे दराज़[4] की है रक़ीबों[5] को आरज़ू[6]
देखो ज़माने हिज्र के उम्मीदवार हैं

छाती से मैं लगाये रखूं क्यों न रात-दिन
ये दाग़ ज़ख़्मे दिल के मेरे यादगार हैं

क्योंकर न रहम हाल पे आये शबे विसाल
अन्दोह ओ दर्द[7] रोज़ मुसीबत के यार हैं

कैसे गिले रक़ीब के क्या तानेए अक़रबा[8]
तेरा ही जी न चाहे, तो बातें हज़ार हैं

---

1. देखने की शक्ति 2. लज्जाहीन 3. लज्जित 4. लम्बी आयु 5. प्रतिद्वन्द्वी 6. इच्छा 7. दुःख और कष्ट 8. मित्रों की शिकायतें।

98

हुई तासीर[1] आहोज़ारी[2] की
रह गयी बात बेक़रारी की

शिकवा ए दुशमनी करें किससे
वां शिकायत है दोस्तदारी की

मुब्तिला ए शबे फ़िराक़[3] हुए
ज़िद से हम तैरा रोज़गारी[4] की

याद आयी जो गर्मजोशिए[5] यार
दीदा ए तर[6] ने शोलाबारी[7] की

यास देखो कि ग़ैर से कह दी
बात अपनी उमीदवारी की

क्या मुसलमां हुए हो ऐ 'मोमिन'
हासिल उस बुत से शर्मसारी की

---

1. प्रभाव 2. रोना-चिल्लाना 3. विरह की रात में उलझा हुआ 4. ज़माने का अंधेरापन 5. उत्साह 6. भीगी हुई आँख 7. निराशा।

99

है जल्वा रेज़[1] नूरे नज़र[2] गर्दे राह[3] में
आँखें हैं किसकी फ़र्श[4] तेरी जल्वागाह[5] में

क्या रहम खा के ग़ैर ने दी थी दुआए वस्ल
ज़ालिम कहाँ वगरना असर मेरी आह में

जाने दे चारागर[6] शबे हिज्रां में मत बुला
वो क्यों शरीक़ हो मेरे हाले तबाह में

ज़ालिम वो बेवफ़ा है अदू जिसके रश्क से
इतना कुछ आ गया ख़लल[7] अपने निबाह में

इस मुँह पे उससे दावा ए हुस्न इक ज़रा नहीं
ऐ मेह्रे[8] रौशनी मेरे रोज़े सियाह[9] में

है दोस्ती, तो जानिबे दुश्मन न देखना
जादू भरा हुआ है तुम्हारी निगाह में

---

1. प्रकाश फैलाने वाली 2. आँख की रौशनी 3. रास्ते की धूल 4. बिछी हुई 5. दर्शन देने का स्थान 6. चिकित्सक 7. विघ्न 8. सूर्य 9. बुरे दिन।

'मोमिन' को सच है, दौलते दुनिया ओ दीं नसीब
शब बुतकदा में गुज़रे है, दिन ख़ानक़ाह[10] में

10. साधुओं के रहने का स्थान।

100

है दिल में ग़ुबार उसके घर अपना न करेंगे
हम ख़ाक में मिलने की तमन्ना न करेंगे

तौबा है कि हम इश्क़ बुतों का न करेंगे
वो करते हैं अब, जो न किया था, न करेंगे

नासेह क़फे अफ़सोस[1] न मल चल तुझे क्या काम
पामाल[2] करेंगे वो मुझे या न करेंगे

उस कू[3] में ठहरने न दिया जोशे क़लक़[4] ने
अग़्यार[5] से हम शिकवा ए बेजा[6] न करेंगे

गर ज़िक्रे वफ़ा[7] से यही ग़ुस्सा है तो अब से
गो क़त्ल का वादा हो तक़ाज़ा[8] न करेंगे

ठहरी है कि ठहरायेंगे[9] ज़ंजीर से दिल को
पर बरहमी ए ज़ुल्फ़ का सौदा न करेंगे

1. खेद से हथेली मलना 2. बरबाद 3. गली 4. बहुत दुःख 5. पराये लोग 6. झूठी शिकायत 7. प्रेम की चर्चा 8. माँगना 9. बांधेंगे।

गर आरज़ूए वस्ल[10] ने बीमार किया तो
परहेज़ करेंगे, पर मदावा[11] न करेंगे

लेकिन जो बुतों ने ही भला आपसे की बात
फिर आप ही फर्माएं कि क्या-क्या न करेंगे

ऐ हज़रते 'मोमिन' ये मुसल्लम[12] जो है इरशाद[13]
भूले से भी अब ज़िक्र बुतों का न करेंगे

---

10. मिलने की इच्छा 11. उपचार। 12. स्वीकृत 13. आदेश।

101

हैं निगाहे लुत्फ़[1] दुश्मन पर तो बन्दा जाये है
ये सितम ऐ बेमुरव्वत किससे देखा जाये है

सामने से जब वो शोखी दिलरुबा[2] आ जाये है
थामता हूँ पर ये दिल हाथों से निकला जाये है

हाले दिल क्योंकर कहूँ मैं किससे बोला जाये है
सर उठे बालीं[3] से क्या कुछ जी ही बैठा जाये है

जां न खा वस्ले अदू[4] सच ही सही, पर क्या करूं
जब गिला करता हूँ हमदम[5] वो क़सम खा जाये है

रश्के दुश्मन[6] ने बना दी जान पर ऐ बेवफ़ा
कब तलक कोई न बिगड़े, हाल बिगड़ा जाये है

तल्ख़ कामे इश्क़े शीरीं लब[7] जिये, तो क्या हुआ
शोर बख़्ती[8] से मज़ा ही ज़िन्दगी का जाये है

---

1. कृपा-दृष्टि 2. चंचल प्रेमिका 3. सिरहाने 4. शत्रु का मिलन 5. साथी 6. शत्रु से जलन 7. मीठे होठ वाली प्रेमिका के प्रेम में असफल 8. दुर्भाग्य।

102

हो न बेताब अदा तुम्हारी आज
नाज़[1] करती है बेक़रारी आज

उड़ गया ख़ाक[2] का ग़ुबार[3] अपना
हो गयी ख़ाक ख़ाकसारी आज

तेरे आते ही दम में दम आया
हो गयी यास[4] उम्मीदवारी आज

इक नयी आरज़ू का ख़ून हुआ
हम हैं और ताज़ा सोगवारी[5] आज

बेकसी क्यों है ना'श पर मजमा
क्या हुई तू मेरी प्यारी आज

---

1. नख़रे 2. आसमान 3. भूल 4. निराशा 5. दुःख।

❖❖❖

www.ingramcontent.com/pod-product-compliance
Lightning Source LLC
LaVergne TN
LVHW100839051026
849519LV00006B/2353
* 9 7 8 9 3 6 1 4 4 0 4 4 1 *